Notre part féroce

DE LA MÊME AUTRICE

La Femme périphérique
HarperCollins « Traversée », 2022 ;
HarperCollins Poche, 2023.

Femme portant un fusil
HarperCollins « Traversée », 2023 ;
Points, 2025.

Sophie Pointurier

Notre part féroce

roman

PHÉBUS

www.editionsphebus.fr

ISBN : 978-2-7529-1447-7

« En réalité, aucun moi, même le plus naïf, n'est une unité, mais un monde extrêmement divers, un petit ciel constellé d'astres, un chaos de formes, d'états, de degrés, d'hérédités et de possibilités. »

Hermann Hesse, *Le Loup des steppes*

Ce qui se passe la nuit n'est jamais entièrement vrai, ce qui se passe le jour non plus. Cette nuit, j'ai rêvé que je prenais un médicament qui devait m'aider à mourir. Dans ce rêve, quelqu'un me tendait un cachet blanc ; je l'avalais et puis j'attendais. On me disait : ton cœur va s'arrêter dans quelques minutes. Je sentais mon cœur ralentir, il battait de plus en plus faiblement, mais ne s'arrêtait pas. J'avais mal, les heures passaient, des inconnus allaient et venaient dans la pièce. Ils discutaient comme si je n'étais pas là, inquiets, et moi je ne mourais toujours pas.

Au matin, j'étais heureuse de me réveiller vivante. Quelque chose devait mourir, oui, mais pas moi. Une partie de moi peut-être, ou cet autre qui ne voulait pas tout comprendre ou qui comprenait trop, parfois. Il fallait laisser de la place, me délester et regarder mes souvenirs de plus haut, comme un cosmonaute qui regarde pour la première fois la Terre sur laquelle il a marché toute sa vie.

Cette histoire commence avec les loups et se termine avec les loups. Mais cette ligne de temps, cette suite d'événements mis bout à bout s'est révélée plus complexe à raconter que je ne le pensais, car tout est affaire de perception. Pour comprendre, il m'a fallu me défaire de mes repères, trouver du sens dans mes rêves et libérer ce que la vie m'avait sommée d'oublier. La première chose qui a surgi a été l'enfance que j'avais quittée à grand pas. Il n'y a rien de surprenant, je n'ai pas aimé cet endroit. Pourtant, l'enfance est revenue malgré moi. Avec elle, j'ai dû me confronter à l'étrangeté de ma mère pour démêler le faux du vrai de ce qui nous est arrivé. J'en ai fait un roman. Je sais aujourd'hui que rien ne sera plus comme avant.

D'aussi loin que je me souvienne, maman avait toujours eu mal. « J'ai mal dormi » était la première phrase que j'entendais le matin au réveil. La tête, le ventre, le dos, elle avait mal partout et s'en plaignait généralement tout le temps. Je partais à l'école en sachant que je la retrouverais à 16 heures à l'endroit exact où je l'avais quittée, et qu'un compte rendu exhaustif de sa condition m'attendait pour le goûter.

À huit ans, j'avais compris une chose : son état était sans aucun doute inquiétant, mais ses maladies n'étaient jamais graves. Ça venait par vagues. Ma mère avait des crises qui duraient plusieurs jours et la laissaient exsangue jusqu'à la suivante. Il ne fallait pas entrer dans sa chambre, allumer la lumière, la réveiller ni même la toucher. Rien. Juste veiller sur elle, et attendre. Elle consultait tous les médecins de la ville avec l'espoir de guérir. Moi, je savais que son mal était trop grand et qu'une ou deux boîtes de médicaments n'y changeraient rien. Elle avait beau en avaler frénétiquement, je voyais bien qu'elle ne guérissait pas, et ça me déchirait parce que personne ne mesurait l'ampleur de son désarroi. Alors je prêtais volontiers une oreille attentive, je jouais à l'infirmière et courais partout dans l'appartement pour lui apporter de quoi la soulager.

Tout était soigneusement rangé, par thématique, selon ses besoins les plus récurrents. Les médicaments du quotidien, ceux du dos, du ventre ou de la tête l'attendaient à côté de l'évier de la cuisine dans une trousse bleue – la même depuis quarante ans. Les médicaments d'urgence comme les anxiolytiques, somnifères, antidépresseurs et neuroleptiques jouaient des coudes sur sa table de nuit dans une trousse en plastique rouge. Le reste, ceux contre la constipation, la grippe, les verrues, les nausées, les rages de dents, la chute de cheveux ou le rhume des foins s'entassaient en piles de symptômes dans le plus grand placard de la salle de bains.

J'avais passé mon enfance à lire les notices parce qu'elle avait aussi mal aux yeux. Elle me disait, « viens, toi qui vois bien, lis-moi ce qui est noté là », et je m'exécutais en liseuse qui voit net, déchiffrant péniblement le technolecte médical. Quand arrivait le moment des effets secondaires, il fallait ralentir, et je percevais comme une lueur dans son regard, un suspense, alors que moi je redoutais l'œdème de Quincke ou le choc anaphylactique – je peux vous dire par exemple que si vous prenez du Nicobion vous risquez un érythème facial, des douleurs gastriques ou des céphalées. Je terminais ma lecture et elle avalait son comprimé avant de se retrancher, volets fermés, dans l'obscurité de sa chambre.

Je ne pourrais déterminer clairement mes sentiments à cette époque, il ne s'agissait pas de me ranger du côté des enfants tristes ou joyeux. J'étais là sans me penser, sans être à moi. Je mangeais mes tartines devant la télé, je débarrassais sans qu'on me le demande, j'apprenais mes leçons et m'efforçais surtout de ne pas faire de vagues.

Le soir, avant de me coucher, j'écoutais des histoires sur une radiocassette et je m'amusais à mimer les personnages. Catherine Deneuve racontait *Cendrillon*, Gérard Philipe « Pierre et le Loup », et Chantal Goya chantait *La Chèvre de monsieur Seguin*. Ce conte-là était de loin mon préféré. J'étais tour à tour la petite chèvre qui s'ennuie ferme dans son enclos et tire sur sa longe, ou monsieur Seguin, inquiet de la voir fuir dans la montagne. Je scandais scrupuleusement chaque phrase jusqu'à la rencontre avec le loup, m'appliquant particulièrement pour le combat final. Je me souviens d'avoir alors recherché de nouvelles mises en scène pour mieux gambader, dévorer ou me faire dévorer. Dans ce théâtre improvisé, j'avais intuitivement saisi le lien entre cette petite chèvre et moi, et je tentais, sauf qui peut, de m'échapper de l'enclos de ma propre enfance.

Je savais que ma mère allait mourir un jour, comme Blanquette, comme moi, comme nous tous, mais je pressentais qu'elle ne mourrait pas de maladie grave comme elle aimait à le penser. Sa douleur était ailleurs, elle se déplaçait dans son corps pour parfois en sortir mais son mal restait bien arrimé à proximité. Maman était victime d'une malédiction qui jouait avec son ombre et la tourmentait jour et nuit, sans répit. Il m'arrivait d'imaginer une forme à ce trouble étrange, j'avais besoin de lui trouver un équivalent à défaut de pouvoir le nommer, et c'est une photographie en noir et blanc du loch Ness qui m'a mise sur la voie. En voyant la bête qui apparaissait partout sauf en vrai, j'avais sous les yeux la traduction la plus littérale de son affliction : maman souffrait d'une maladie insaisissable, invisible au regard du commun des mortels et pourtant si présente.

Elle a passé sa vie à scruter l'origine du dysfonctionnement qui la mettrait définitivement à l'abri du bonheur, et presque autant à en parler à différents médecins.

Petite, je ne pouvais qu'assister à son état, impuissante, puisque rien ne marchait. Puis je suis partie, vite et loin, impuissante encore puisque rien ne changeait. Quand j'ai eu une enfant à mon tour, je me suis empressée de regarder ailleurs, j'avais une autre personne sur qui veiller. Mais on n'échappe pas aux souvenirs de sa mère. Ces derniers temps, j'ai commencé à rêver d'elle. Elle se rappelait à moi, la nuit, elle me parlait, tombait, volait, me chuchotait des phrases dans des langues étranges que j'entendais très clairement et je me suis mis en tête de trouver une solution, peu importe laquelle. C'est devenu une urgence. Je voulais avant tout la comprendre. Il devait forcément lui être arrivé quelque chose et j'avais l'espoir de découvrir un drame à la hauteur de son empêchement.

Cette nuit, j'ai rêvé que je marchais sur un pont, un genre de pont en corde qui reliait la France à l'Angleterre. Il pleuvait des cordes, ma mère dérivait sur une barque au milieu de la Manche et elle me demandait de l'aider. Je lui ai tendu le bras, elle m'a attrapée par la manche et j'ai senti ma veste craquer.

Je ne sais pas si je l'ai sauvée ou si je suis tombée dans la mer.

Je crois que j'ai failli me noyer.

Je me réveille.

J'ai un doute.

Avant cette histoire, ma vie était assez ordinaire. Je travaillais comme journaliste pour un hebdomadaire à Rennes, alternant les sujets écologiques et sociétaux : la disparition des abeilles, le manque de places en crèche ou les coupes drastiques dans le service public. L'écologie était venue à moi comme elle viendrait à n'importe qui d'un tant soit peu concerné par l'état du monde, et j'en avais fait ma spécialité. J'avais réussi à en vivre, et à assurer le quotidien pour ma fille, Scarlett, fruit d'une nuit avec un Gallois rencontré dans un pub à Brest un soir de Nouvel An. Il y faisait escale et repartait le lendemain sur son cargo. On s'était bien amusés, mais disons que la fête a duré plus longtemps que prévu. Je n'avais qu'un prénom, Ian, et un nom de bateau, le *Rotra Mare* – lui n'a jamais su pour le reste. Et peut-être qu'à ce moment-là de ma vie ce jeu d'énigme m'a arrangée. Scarlett tenait de lui la même rousseur sur sa peau et une figure parfaitement ronde et parfaitement belle.

Entre deux articles, j'ai proposé à ma rédaction de couvrir le procès du loup de Gap. Il y avait une forme d'effervescence là-bas et c'était la première fois que j'avais l'occasion de travailler sur l'animal en dehors de la dimension symbolique qu'il avait pour moi. J'ai foncé tête baissée. Pourtant, je savais que lorsqu'on parle du loup les hommes se disputent et perdent la raison. Avec le temps, j'ai compris qu'il déchaînait les passions bien plus que les algues vertes et Sainte-Soline réunies.

Le procès avait tout pour m'intéresser. Le loup, le vrai, était arrivé dans ma vie à l'âge de quinze ans. Ça s'était fait en entrant par hasard dans une boutique aux airs de cabinet de curiosités. C'était au début des années quatre-vingt-dix, à Dinan, lors d'une sortie de classe. Nous étions avec une professeure de français qui voulait nous montrer le monde et s'était donné pour mission de nous le faire découvrir en enchaînant les excursions scolaires dans la région. Le temps était humide ce jour-là, j'avais des semelles glissantes et les pentes de Dinan ruisselaient sous la pluie. Je me souviens de la rue, de la devanture et du nom de la boutique, *La Tanière*, devant laquelle je m'étais abritée pour refaire mes lacets. En levant la tête, j'avais été saisie par l'allure de la vendeuse et lui avais trouvé des airs de fée Morgane ou de reine de Saba. Elle arborait un châle qui lui servait de cape sur lequel sa chevelure brune entremêlée de chaînes en argent se déposait dans un désordre parfait. Elle m'avait souri derrière la vitrine, et face à l'insistance collective nous avions obtenu le droit d'entrer. À l'intérieur, les murs étaient noirs et la lumière éclairait par endroits une série d'objets bizarres : des dents de mégalodon, des tranches de fossiles, des fragments de météorites ou des pierres de lune. L'atmosphère du lieu tapait dans le mille de nos imaginaires adolescents. Au fond du magasin, une partie de la classe était agglutinée autour d'une *tsantza*, une tête humaine réduite d'Amazonie exposée sous une cloche de verre. La vendeuse répondait aux questions et contrait les remarques avec gentillesse. Elle s'était ensuite improvisée guide et, en l'entendant parler de tous ces objets terrifiants avec autant d'ardeur, j'ai compris que nous avions à apprendre de ce qui nous effrayait. Elle a continué sa visite en nous montrant des mygales naturalisées et des crânes en cristal, elle disait : « Le noir n'est pas sombre, il nous aide à voir la lumière », et j'ai soudain eu très envie d'affronter le monde avec ses yeux.

Mon attention s'est ensuite portée sur un pan de bois d'une soixantaine de centimètres où était gravé un loup. Par un habile jeu de reliefs, l'animal posait sur la pièce un regard calme et dominant. Je n'avais jamais rien observé d'aussi beau, d'aussi sauvage et paradoxalement d'aussi réconfortant et je l'ai pointé du doigt à la minute où je l'ai vu. « Ah lui, c'est mon totem ! » m'avait glissé la vendeuse d'un air complice tout en le caressant pour retirer la poussière accumulée. Elle avait ajouté sur le ton de la confidence qu'il lui parlait le soir, ou du moins qu'elle l'entendait une fois les clients partis, et moi, je l'ai crue sur parole. J'étais fascinée par cette femme qui sentait le patchouli, distinguait la lumière dans tout ce noir, et déchiffrait même les messages des loups.

À côté de cette gravure, on trouvait tout ce qu'une société moderne pouvait décliner quand il s'agissait d'épuiser un sujet, ici, le loup : tee-shirts, livres, porte-clés, en passant par une panoplie de bijoux en argent et pierres semi-précieuses. Il y en avait trop et pourtant rien ne dénotait, puisque cet animal avait en lui « le secret de la nuit », pour reprendre les mots de la maîtresse des lieux. Je buvais ses paroles avec la conviction profonde que le loup me parlerait aussi un jour, et qu'en attendant il serait mon guide protecteur. Sur un portant d'articles soldés, j'ai repéré la première chose que mes quinze francs pouvaient m'offrir : un tee-shirt délavé représentant trois loups hurlant sous la pleine lune.

Avec le recul, je ne sais pas si j'ai rencontré le loup ou une bonne fée qui m'a simplement soufflé d'être à l'écoute de ma voix intérieure, mais depuis ce jour-là tout me reliait à lui. J'étais insatiable, je prenais tout, voyais tout, je lisais tout sur lui comme si l'on parlait de moi. Même lorsqu'il servait de support, dans *Femmes qui courent avec les loups* notamment, je prenais et me forçais à aimer. Pareil avec *Le Loup des steppes* ou l'album live de Steppenwolf. Je l'écoutais en boucle rien que pour la pochette qui montrait les crocs.

Le loup était devenu mon point d'entrée dans le monde. Il avait posé un regard sur moi, il m'avait dit : « Je te vois. » Armée de mes loups en éclaireurs, l'horizon s'ouvrait et je n'aurais plus peur de rien.

L'affaire du loup de Gap était un appel, une évidence et elle paraissait simple à première vue : le prévenu était un agriculteur poursuivi pour *destruction d'une espèce strictement protégée* et il risquait cinq mille euros d'amende pour avoir tué une jeune louve lors d'une battue au sanglier. La pauvre bête passait par là, et le chasseur savait très bien ce qu'il faisait avec son fusil. Le type avait le soutien du milieu agricole, de la chasse et de la plupart des syndicats. Ensemble, à coup de pancartes et de manifestations, ils réclamaient la déclassification du loup en vue d'autoriser sa chasse.

Depuis son grand retour dans les années deux mille, le loup gagnait du terrain et faisait de nouveau peur aux hommes. *De nouveau*, parce que l'État français avait autorisé l'éradication de la bête au XXe siècle. Adieu terreur du loup, attaques de troupeaux et histoires de chaperons avalés, racontées le soir près du feu. Fini les murs de protection autour des villages et l'angoisse de la forêt. Après sa victoire obtenue à coup de fusil, l'homme avait décidé que chaque montagne, chaque prairie ou chaque recoin de nature allait être à lui et à lui seul. Et quelques décennies sans loups avaient suffi à modifier entièrement le paysage. Mais voilà qu'il revenait sans prévenir et questionnait soudain le caractère moral de cette appropriation unilatérale de la nature.

Sa seule présence soulevait des tensions dans les campagnes, et les gens de la ville, de Marseille à Strasbourg en passant par Nantes ou Paris, n'avaient aucune idée de ce qui se tramait dans le reste de la France. Le loup rôdait autour des bêtes en pâture, faisait quelques incursions dans les villages. Il bouffait ce qu'il trouvait sur son passage et tout le monde avait oublié la façon de s'en préserver. À part les marmottes et les mouflons sauvages laissés de bonne grâce, il y avait des drames, des cadavres de brebis éventrées et des chèvres désossées. Ces drames-là avaient un coût ; en plus de dévorer leurs troupeaux, le loup faisait perdre du temps et de l'argent aux éleveurs, parce qu'il fallait apporter la preuve d'une attaque pour obtenir un remboursement et que la démarche était fastidieuse. Les deux superprédateurs se retrouvaient de nouveau nez à nez et la tension était à son comble.

En travaillant sur ce procès, j'ai rapidement saisi le paradoxe du concept de protection lorsqu'il est question des animaux sauvages. À la lecture des textes officiels, j'ai compris qu'il était déjà possible d'abattre vingt pour cents de la population des loups, pourtant classée au plus haut de l'échelle de la préservation. Mais cette mesure de *prélèvement* ne semblait pas suffire face à la peur générée par la simple présence de la bête : les agriculteurs et les chasseurs réclamaient d'en tirer plus. À ce stade de la polémique, le procès était devenu le procès politique du loup, et la pauvre louve n'intéressait plus personne d'autre que moi, tapie dans la foule incognito, avec mes imprimés garous sous le manteau.

Au fil du temps, l'organisation de soutien créée autour du prévenu exigeait la possibilité d'une riposte armée. Tous craignaient les attaques et cette nouvelle panique réveillait les peurs ancestrales. Je regardais ces individus qui jusque-là ne s'inquiétaient ni du jour, ni de la nuit, ni de rentrer seul ou de cuver sur un banc. Ils n'avaient sans doute jamais connu la peur, la vraie. Par effet de ricochet, ils éprouvaient eux aussi l'expérience de la proie face à plus fort que soi, mais ils se structuraient en bande pour crier leur colère. Et ça marchait, le monde entier les entendait. Cette angoisse à peine éprouvée devenait légitime aux yeux de tous. Et ça m'était insupportable.

Dans le tumulte de ces débats, j'ai osé écrire qu'au cœur de cette affaire se jouait l'ego des hommes. Le loup se mettait en travers du chemin de ses détracteurs, là où personne ne s'était mis depuis longtemps, il pointait leurs faiblesses, leur flanquait la trouille, les rendait soudain vulnérables et fragiles, et de ma place, il faut l'admettre, j'y voyais une sorte de justice réparatrice.

Tuer plus de loups et braconner à outrance n'allaient rien arranger. Les spécialistes diront que les meutes s'autorégulent selon la taille de leurs territoires, ni trop ni pas assez, et face à une extermination aléatoire, l'instinct de l'animal ajuste sa reproduction. Cet argument-clé ne semblait pas satisfaire les défenseurs de la chasse à tout prix. La colère montait, les pro-loups et antiloups se radicalisaient au fur et à mesure des débats et j'ai fini par sortir du bois à l'occasion d'un plébiscite sans concessions, j'en conviens, pour *le tir d'effarouchement.*

Le loup est là. Des Alpes aux Pyrénées en passant par les Vosges et la Bretagne. On le voit, on le filme, on le tue aussi, parfois. Arrivé d'Italie dans les années quatre-vingt-dix, il vit maintenant dans les forêts, les campagnes, et il s'approche, dit-on, des villes. Derrière les peurs anciennes et les légendes modernes, le loup nous oblige à penser autrement. Mettez un loup quelque part et sa présence révélera les dysfonctionnements écologiques, politiques et sociétaux du territoire sur lequel il s'est installé. Aujourd'hui, le loup de Gap pointe les limites d'un monde agricole à bout de souffle où les suicides sont nombreux. Et toute la faute lui incomberait. Cette affaire résume à elle seule notre façon d'envisager l'avenir, sachant que le ministère de l'Environnement ne fera jamais le poids face à Bercy ou à l'Industrie : la nature doit servir les intérêts économiques sinon rien. Cette donnée nous laisse percevoir la manière dont cette histoire tournera mal pour tout le monde… Même si une meute se nourrit principalement de la faune sauvage, il arrive aux loups isolés de se détourner vers les troupeaux en pâturage. Et c'est là que le bât blesse : veut-on diminuer les dégâts de la prédation ou veut-on diminuer la population des loups ? À l'heure actuelle, il y a environ mille loups en France, et on autorise déjà un abattage de deux cents loups par an. « Un loup mort n'apprend pas », répète un biologiste reconnu et spécialiste du grand carnivore, « il ne transmet rien de son expérience ». Selon cet expert, encourager la pratique du tir d'effarouchement avec des cartouches en caoutchouc ou au gros sel est bien plus profitable à tous que l'abattage, parce qu'un loup qui a eu peur va transmettre son comportement et ne s'approchera plus des troupeaux…

L'article se terminait par « *Comment vivre avec les loups, c'est peut-être le vrai sujet de ce drame* ». Et pour ces lignes, on m'a laissé une balle dans ma boîte aux lettres tous les jours pendant une semaine.

Je suis à Cologne, une ville dans laquelle j'ai vécu. À la place du Rhin, il y a l'océan. Je me dis que c'est étrange de découvrir un bord de mer à Cologne.

Je me sens bien, je reconnais cette ville qui n'est pourtant pas celle que j'ai connue. Je marche dans les rues, retourne sur les lieux que j'ai aimés, j'en découvre de nouveaux, je cherche un endroit que je ne trouve pas. Je décide d'aller au bord de la mer mais il faut déjà partir, je n'ai pas le temps de marcher le long de la côte. Pourtant, je voudrais y rester.

Cet endroit n'existe pas vraiment.

Je dois partir mais je n'en ai pas envie.

Je me réveille.

Je veux y retourner.

Le journal a pris l'affaire au sérieux et m'a aidée à ne pas céder à la panique. Il fallait être prudent néanmoins, « ces gens-là sont capables de tout », s'alarmait Brigitte, ma rédactrice en chef.

Mes ennuis se sont amplifiés lorsque j'ai accepté une discussion croisée à la radio avec un éleveur, parce que, *bien entendu*, je ne vivais pas à la campagne cernée de loups, et, *bien entendu,* ce n'était pas moi qui ramassais des veaux égorgés au petit matin; ma vie était loin des préoccupations de cet homme qui témoignait au bord des larmes et de l'épuisement.

Et tout s'est embrasé sur la question de la prise en charge de clôtures adaptées et de celle des patous, les chiens de troupeau. Selon mon contradicteur, ma démonstration était irrecevable car je n'étais pas du pays, je n'étais pas *concernée.* Ni les mois que j'avais passés dans le Mercantour ni les deux stages Pastora-Loup au cours desquels j'avais dormi près des brebis pour vivre dans ma chair la vie de berger ne semblaient valables à ses yeux. Je n'étais pas des leurs, j'avais le malheur de vivre en ville, d'être une journaliste doublée d'une femme, et on me traitait avec le mépris qu'on réserve traditionnellement aux écolos, aux végans ou aux pauvres diables du Parlement européen.

Devant la tournure prise par les événements, Brigitte m'a mise en retrait des sujets sensibles pour qu'on m'oublie un peu. Cantonnée aux pages lifestyle signées sous pseudonyme, je me suis ennuyée autant que j'ai manqué d'argent.

À faire les cent pas dans mon appartement, j'ai trouvé un bouc émissaire : Scarlett. Je lui tombais dessus pour un bol dans l'évier, un nombril à l'air ou une chambre laissée sens dessus dessous. J'enchaînais les maladresses et ma fille répondait du haut de ses dix-sept ans, en claquant les portes.

Un matin, elle m'a lâché qu'elle avait envie de partir loin, ce que j'ai spontanément traduit par *loin de toi*. Elle a répété, « je vais jamais nulle part », plusieurs fois dans la même journée et, bien que classique, le message ne manquait pas de clarté. Alors que ses copines se préparaient à poster des photos de montagne et de mer bleue, Scarlett avait le choix entre des vacances à Guingamp chez mamie ou à Caen auprès d'une cousine éloignée. Cette perspective moyennement galvanisante alimentait ses envies d'ailleurs. Pour lui prouver que je faisais un pas vers elle, j'ai demandé où elle voulait aller exactement. J'avais ma petite idée, je savais qu'elle rêvait d'Angleterre et la distance était sans aucun doute la meilleure chose qui puisse nous rapprocher. J'avais vu juste. Il était temps qu'elle s'amuse, elle avait l'âge de se faire des souvenirs loin de sa mère et du jardinet de sa grand-mère.

Je l'ai laissée regarder les programmes des séjours linguistiques outre-Manche et on les a commentés ensemble. De mon côté, je calmais mes angoisses en imaginant les sujets que j'aurais pu traiter si je n'avais pas été mise en *congé forcé*. Pendant ce temps, ma mère restait imperturbable. Elle continuait de m'appeler les dimanches, réglée comme une pendule, pour me demander avec une pointe de jubilation : « Alors, encore tes ennuis ? » Dans sa bouche, avoir des ennuis laissait entendre qu'on était pareilles. Parce que le mal-être, le drame ou tout ce qui relevait plus largement du pénible était son moyen à elle de se sentir vivante. « Pourquoi tu as dit ça aussi, ce n'est pas très malin de ta part… » Je ne sais pas si c'était lié à sa dépression, mais ma mère réussissait l'exploit de placer immanquablement une petite pique dans chacune de ses phrases, même quand elle tentait d'être gentille ou, chose rare, prévenante.

Après des semaines au placard, j'ai accepté avec empressement le premier papier digne de ce nom qu'on me proposait. Il s'agissait d'un portrait dans la rubrique *Souvenirs*, quarante ans après « La Dame blanche de Palavas », que je ne connaissais pas. Brigitte m'a rendu visite avec ses gommes au CBD qu'elle a enchaînées plus que de raison. Je la revois, en plein après-midi, me répéter que cette affaire serait une promenade de santé au regard de ce que je venais de traverser. J'aimais bien Brigitte quand elle planait un peu. Elle en devenait grossière et ça la rendait drôle. Ce soir-là, avec sa chemise blanche impeccablement repassée et un engouement que je ne lui connaissais pas pour les faits divers, j'ai trouvé qu'elle parlait fort. Le sujet qu'elle me vendait était simple. Il prenait place dans l'Hérault, en 1981.

– Imagine : la nuit, une route de campagne, quatre jeunes rentrent tranquillement en voiture vers Montpellier. En chemin, ils voient une femme sur le bord de cette route, habillée tout en blanc. Ils s'arrêtent, la font monter à l'arrière entre les deux filles.

L'auto-stoppeuse reste muette tout le trajet, et, d'après les témoignages, elle est livide.

– Quels témoignages ?

– Attends, j'ai pas fini… Et là, comme dans un film, la femme se met à répéter : « ATTENTION, CE VIRAGE EST DANGEREUX ! » avant de pousser un cri terrible. Le temps de manœuvrer et de se retourner, la femme a totalement disparu de la voiture.

Brigitte racontait son histoire les yeux illuminés et moi je voyais la proposition débouler sur la table sous la forme d'un chèque qui m'assurait aussi de sa confiance. Je savais qu'elle cherchait quelqu'un pour une série de reportages qu'on vendait habituellement l'été, et qu'elle n'avait encore trouvé personne. C'était redoutable ce genre de sujet, il fallait être bien inspiré pour éviter les écueils. Brigitte était enthousiaste mais tendue, elle sortait d'une réunion où on l'avait sommée de redresser la barre après l'affaire des chasseurs parce qu'on avait perdu une partie du lectorat conservateur – et tout ça à cause de moi. Elle répétait la phrase avec un soupçon de blâme, en me regardant droit dans les yeux.

– Écoute la suite ! Les quatre jeunes vont voir les gendarmes le lendemain, tout est consigné. La Dame blanche de Palavas, c'est le fait divers paranormal le plus documenté de ces quarante dernières années ! Et pour le coup personne ne viendra te flinguer si t'en parles…

Elle s'est interrompue pour se resservir de l'eau, les sourcils et l'index levés pour indiquer qu'elle n'avait pas fini : « Et y a un bonus parce que Crime video serait en partenariat pour ce doc, il faut un journaliste local pour la prod. »

J'ai pris le temps de redécouper la phrase pour traduire

l'information à cause de cette façon qu'elle avait de malmener les consonnes en anglais.

– Bien sûr que je vais le faire, Brigitte. Juste une question : depuis quand on traite ce genre de trucs ?

– Depuis que je risque ma place et toi la tienne si on ne se reprend pas.

On ne pouvait pas nier que le monde entier lisait moins et glissait inéluctablement vers les formats carrés. J'avais quelques scrupules à passer de l'éco-journalisme aux faits divers surnaturels auxquels je n'entendais rien, mais mon banquier s'inquiétait et j'avais promis l'Angleterre.

– Tu avais quel âge quand c'est arrivé ?

– En 1981, j'étais petite… Ça m'a marquée cette histoire. Une cousine à moi connaissait une des deux filles, elles étaient ensemble au lycée.

– Et ta cousine, elle s'en souvient, tu crois ?

La cousine Romy s'en souvenait très bien, parce que quarante ans après elle avait balancé à l'occasion de l'enterrement de la grand-mère des informations que les gens du coin gardaient pour eux. La discussion était tombée dans les oreilles de Brigitte et avait ravivé sa mémoire. Adolescente, elle avait vu sur TF1, dans l'émission *Mystères*, une reconstitution de l'affaire qui l'avait subjuguée. Brigitte me décrivait le reportage tout en parlant des Doors et je ne comprenais pas ce que Jim Morrison venait faire dans l'histoire. C'était la première fois que la télé s'intéressait à un événement qui avait eu lieu près de chez elle. Elle avait été fascinée par un détective à moustache qui rencontrait d'anciens flics dans des cafés pour en savoir plus sur la Dame blanche. Elle se rappelait les paroles du gars qu'elle imitait avec son accent du Sud, l'index pointé vers moi : « S'il est difficile d'admettre la réalité de ce récit, il est tout aussi difficile de dire que ces jeunes gens n'ont pas vu quelque chose. » Cette sentence était restée imprimée en elle, et sa petite tête l'avait immédiatement identifiée comme la quintessence même de la quête de vérité.

– Tout, tout vient de là, m'a-t-elle dit, en trébuchant sur son début de phrase.

Ses yeux se sont posés un instant sur la bouteille d'eau vide. J'entrevoyais la charge émotionnelle liée à cette affaire. J'ai bien tenté de lui vendre un hors-série sur le loup mais elle a fermement décliné ma proposition :

– C'est fini le loup. Passe à autre chose.

Elle a regardé sa montre en grimaçant. Puis elle est partie avec ses gommes, ne marchant pas tout à fait droit.

La proposition de Brigitte tombait à pic. J'avais la possibilité de travailler de nouveau, bien que le sujet m'ait laissée perplexe. Pour me motiver, j'ai commencé des recherches sur ce qui s'était réellement passé à Palavas en 1981. Brigitte m'avait abreuvée de paroles mais surtout noyée de détails avec ses souvenirs. J'ai retrouvé sa fameuse émission, épisode 13, diffusée le 12 novembre 1993 sur TF1, et ses prises de vues à couper le souffle. Le ton grave et appliqué du reportage qui comblait probablement un manque de budget a déclenché chez moi un fou rire. L'ensemble était aussi loufoque que déroutant : l'image, le son, les reconstitutions sur la route et les tentatives d'effets spéciaux autour de la Dame blanche. Une parodie réalisée au caméscope n'aurait pas fait mieux. L'introduction sur fond de

« L.A. Woman » installait une atmosphère inquiétante, en écho à la fascination des années quatre-vingt-dix pour les Doors et le film d'Oliver Stone. Je riais si fort que Scarlett a surgi sur le pas de ma porte. Elle non plus n'a pas résisté longtemps devant le journaliste à moustache qui téléphonait depuis son bureau cossu, entouré d'enregistreurs et d'ordinateurs lourds et carrés. Je lui ai dit : « Ça va être marrant à faire ce truc », et après quelques secondes d'étonnement, j'ai vu apparaître une esquisse de sourire sur le visage de ma fille. J'ai aimé ce sourire, il me disait que tout n'était pas perdu. C'est à cet instant que j'ai envoyé un SMS à Brigitte pour la prévenir que j'allais me surpasser.

– Il ressemble à l'inspecteur Derrick, j'ai fait, pas certaine de déclencher une réaction chez Scarlett.

– Qui ça ?

Ma fille a pris le temps de shazamer la musique en m'adressant un clin d'œil.

La séquence du journaliste-détective contenait beaucoup d'informations et j'ai noté son nom, Richard Bessière, en imaginant Brigitte gamine, bouche bée devant sa télé, assise sagement aux côtés de sa sœur et de sa cousine dans son living-room. Les souvenirs de cette époque me revenaient par vagues, quand les téléphones n'allaient pas plus loin que le bout des fils qui les retenaient au mur.

En 1993 j'avais seize ans, l'âge de Scarlett. Je restais la plupart du temps dans ma chambre, fenêtre ouverte et clope au bec. J'avais une veste en daim trop grande, mon tee-shirt loup, mes rangers, et un meilleur copain, Fred. Ensemble, on écoutait de la musique sans beaucoup se parler. On aimait les poèmes tristes et on jouait à en avoir l'air. Peut-être qu'on l'était un peu. Notre activité principale consistait à noircir des pages entières de nos tourments, à la manière de nos idoles du Chelsea Hotel. *Je vais me casser la gueule sur ton âme fragile, / Tu es le souffle de mon cœur hurlant.* On naviguait entre l'amour et le spleen bon marché, et on trouvait ça beau.

En poursuivant mes recherches, j'ai découvert l'ampleur du phénomène des Dames blanches, cette apparition mi-ésotérique, mi-folklorique qui alimentait les légendes urbaines depuis la nuit des temps, et je me suis rendu compte que les histoires étaient souvent rapportées de la même façon, parfois à la virgule près. Il m'a fallu une matinée seulement pour faire le tour de la question, et en suivant les liens j'ai pu retrouver les interviews des témoins directs. La scène s'était déroulée le mercredi 20 mai 1981 aux alentours de 23 heures. Les quatre jeunes s'appelaient Florence, Thierry, Françoise et Lionel. Ils étaient âgés de dix-sept à vingt-cinq ans et trois d'entre eux étaient encore au lycée.

Pour une émission diffusée sur Antenne 2 en 1982, soit huit mois après les faits, ils avaient accepté de se soumettre à une reconstitution devant la caméra. Ils répondaient aux questions du journaliste, poliment, avec leur phrasé de l'époque. Le conducteur, Lionel, se souvenait de tout : de la balade, de la sortie de Palavas et du rond-point. Il racontait pour la centième fois, et peut-être avec les mêmes mots, son étonnement quand il avait vu, à la lumière de ses phares, une dame vêtue de blanc faire du stop. Contrairement à ce que sous-entendait la rumeur, la Dame blanche n'était pas jeune. Lionel précisait avec un air de garçon bien élevé qu'elle avait à peu près cinquante ans et qu'il n'allait pas laisser une femme qui aurait pu être sa mère sur le bord de la route. Comme c'était une R5 trois portes, Thierry, assis côté passager, était descendu avec Florence pour faire monter l'auto-stoppeuse, et elle s'était installée à l'arrière. Durant le trajet, les deux amies ne se sont doutées de rien, elles la sentaient, entre elles, cuisse contre cuisse. Un peu étrange, soit, mais bien vivante. Et c'est en approchant Villeneuve-lès-Maguelone, juste avant le Pont Vert, que l'auto-stoppeuse a commencé à s'animer curieusement. La suite je la connaissais, la femme avait crié : « Attention, ce virage est dangereux ! » en pointant du doigt la nuit noire devant elle. Florence s'était cramponnée à son siège tandis que Françoise ne la quittait pas des yeux. La dame en blanc avait disparu, elle s'était littéralement volatilisée, évaporée, dissoute dans l'habitacle de la voiture.

Lionel avait dû ralentir avant de s'arrêter sur le bord de la route. Florence, paniquée, n'avait pas pu s'empêcher de crier alors que Thierry et Françoise la cherchaient sur le bas-côté. Tous avaient compris très vite que quelque chose d'anormal venait de se produire. Ils n'étaient pas ivres, et ils étaient allés directement au poste de police de Montpellier pour trouver des réponses. En arrivant sur place, la brigade de nuit avait pris leur affaire à la légère. On les soupçonnait d'avoir fomenté un canular. Il avait fallu qu'un troisième gendarme entre dans la pièce et mentionne des faits similaires pour que les autres s'intéressent à leur histoire.

L'interview de Thierry était la plus touchante, peut-être parce qu'il me rappelait Fred avec son pull gris, ses cheveux châtains, ses yeux bleus et cet air timide : « Si ça aurait été une blague on n'aurait pas fait tout ce qu'on a fait. On n'aurait pas été voir la police, on n'aurait pas parlé aux journalistes. Moi ça m'a choqué au début, mais après j'essaie de ne plus y penser. » Le reporter le relançait comme il pouvait, tentait de comprendre ce détachement soudain mais Thierry continuait avec une pointe de fatalité dans le regard : « Mais trouvez une réponse à ça… » Il avait raison, il n'y en avait pas.

Avec le recul, je pouvais concevoir les réserves de Thierry. Il devait en avoir assez d'expliquer ce qu'il avait vu ce soir-là avec ses copains. La plupart des gens ne voient rien. Moi aussi je n'ai rien vu, alors que tout était sous mes yeux depuis le début : les médicaments, les oublis, les rêves. Si j'en parlais comme lui, face caméra, de but en blanc, on me rirait sûrement au nez, mais il s'agit de Thierry ici. L'interview datait de janvier 1982 et les faits s'étaient déroulés en mai 1981. Ça faisait plus de six mois qu'il devait passer pour l'affabulateur de service, six mois que ses copains devaient le chambrer, le regarder de travers. Il avait peut-être trouvé amusant, au début, d'être exposé, comme ça, avec sa tignasse mal peignée. Le pauvre avait été traqué par la France entière après ça, et le nombre de recensions d'apparitions de fantômes en bord de route avait explosé dans l'Hexagone les mois qui avaient suivi. Les presses locales multipliaient les unes. Personne n'y croyait vraiment mais l'histoire faisait vendre. Les journalistes avaient même réussi à embarquer le proviseur du lycée dans l'affaire. Lui aussi répondait à Antenne 2 face caméra dans ce qu'on imaginait être son bureau. Il se tenait droit, les mains tendues vers son interlocuteur pour soutenir sans réserve les propos des quatre jeunes : oui, ces élèves étaient sérieux et oui, il avait été étonné par leur récit, mais il les connaissait bien et les savait incapables d'inventer une chose pareille.

J'ai pris sur un cahier quelques notes que je gardais au cas où, comme le numéro de la plaque de la voiture filmée pour le reportage, une R5 rouge, immatriculée 4145 RV 34. Je notais aussi que certains témoins avaient mentionné l'accident mortel d'une conductrice, en pleine nuit, dans ce même virage plusieurs mois avant l'épisode de la Dame blanche. Enfin, le fameux Richard Bessière, le journaliste qui avait tant inspiré Brigitte, était également l'auteur de centaines de romans de science-fiction publiés chez un grand éditeur de genre. Il avait un blog encore en ligne où il disait s'intéresser au mystique et son ouvrage *Manifestations, Les Mystères de l'après-vie* était disponible d'occasion, alors je l'ai commandé dans la foulée. Je commençais à comprendre les raisons pour lesquelles tant de gens s'étaient passionnés pour ce fait divers.

Après un état des lieux des articles de presse, il est apparu qu'il était toujours question d'une femme en blanc postée sur le bord d'une route la nuit, et il y avait toujours un homme honnête qui s'arrêtait pour la prendre en stop. La suite était prévisible : elle montait, ne pipait pas un mot et se mettait d'un coup à hurler à quelques mètres d'un virage, d'un pont, d'un croisement pour prévenir d'un danger, avant de se dissoudre dans l'atmosphère. En général, le type n'en revenait pas et se rangeait sur le bas-côté pour vérifier si la passagère n'était pas tombée. S'il était courageux il témoignait, un peu honteux, parce qu'il savait que personne ne le croirait lui non plus.

Une chose me sautait aux yeux en parcourant les articles sur le sujet. De ce que j'en retenais, les hommes voyaient statistiquement plus de Dames blanches que les femmes. Ou alors ils s'exprimaient plus facilement à ce propos, ou, dernière supposition, les femmes ne conduisaient pas la nuit, ou encore, mais je peinais à l'admettre, les femmes mortes ne sauvaient pas les vivantes. La plupart de ces hypothèses restaient malheureusement invérifiables. Il fallait partir de l'existant sur la base d'un corpus de récits rassemblés sur le sujet. Tout était dans le texte, il était question d'un François, chauffeur de camion, d'un Michel, enseignant, ou d'un René, employé de banque. Même chose dans les reportages de l'INA ou de *Mystères*. Les deux seules fois où il était documenté qu'une femme avait vu la Dame blanche, elle était soit sur la banquette arrière comme Françoise ou Florence, soit côté passager, mais toujours en compagnie d'un homme.

Je n'étais pas très calée en phénomènes ésotériques, et j'ai tenté, à défaut, une approche plus contemporaine. Fière de ma découverte, j'en ai touché deux mots à Brigitte par texto. Le ton de sa réponse a douché mon enthousiasme :

Pas de loup et surtout pas de genre. GRAND PUBLIC, STP !!!

Ses lettres capitales m'ont agacée : il fallait éviter de me dire en majuscules que mon idée n'était pas la bonne.

Après quelques nuits blanches et beaucoup de café, j'ai rappelé Brigitte pour partager avec elle ma progression dans les grandes lignes. J'avais surtout besoin de l'avance de Crime video. Let's go UK opérait une remise de vingt pour cents durant une semaine et c'était le moment ou jamais de réserver le voyage pour Scarlett. Je voulais le meilleur pour elle, qu'elle soit de toutes les *disco nights*, qu'elle fasse des virées en canoë, au musée, tout en illimité. Brigitte avait été compréhensive et rapide, elle avait aussi profité de l'occasion pour me glisser un rendez-vous avec la production pour le lundi suivant. J'étais définitivement impliquée dans ce projet. Dans la foulée, j'ai appelé Let's go UK et le type que j'ai eu au bout du fil m'a vendu la totalité du séjour en *Premium*.

Un peu plus tard dans l'après-midi, j'ai reçu un coup de fil de maman, c'était inhabituel car nous n'étions pas dimanche. J'ai reconnu d'emblée sa voix des mauvais jours. Dans ces cas-là, elle ne s'encombrait pas d'un « ça va ? » Pour commencer une conversation, elle attaquait avec un « Ah, enfin ! Tu décroches ! » qui me donnait inévitablement envie de lui raccrocher au nez. Mais ce jour-là, j'étais alerte, le passage du « Ah » au « enfin » était plus long que d'habitude, signe de la présence probable de somnifères qui ralentissait sa prosodie. Après un inventaire détaillé des endroits où elle avait mal, elle m'a souhaité un « joyeux anniversaire, ma chérie » avec l'accablement dont elle seule avait le secret. J'ai eu beau lui dire que mon anniversaire était le mois suivant, elle ne m'écoutait pas. Notre discussion s'est ensuite portée sur Scarlett, et à peine avais-je mentionné son départ pour l'Angleterre qu'elle s'est inquiétée des préparatifs. Let's go UK était-il un bon organisme ? et pourquoi n'avais-je pas téléphoné à la fille de ma cousine qui avait envoyé la sienne avec un très bon organisme ? C'était difficile de répondre quoi que ce soit, à part qu'il me semblait que c'était un très bon organisme aussi. Notre discussion aurait pu continuer longtemps, mais elle en a décidé autrement. Maman s'est engagée sur la voie que je redoutais à chaque appel : « Tu ne viens jamais me voir. Quand est-ce que tu viens me voir ? »

Le seul fait de penser à Guingamp me déclenchait des crises d'angoisse à distance, et les symptômes s'intensifiaient si j'avais le malheur d'être en chemin pour la retrouver. À peine avais-je un pied dans les Côtes-d'Armor que le cafard coulait dans mes veines à gros bouillons. L'arrivée en gare me terrassait, je cherchais mon souffle dans la rue des Castors comme si j'en avalais, et l'oxygène manquait au fur et à mesure que j'avançais dans la ville. Il m'a toujours été impossible de passer plus d'une nuit là-bas sans que me vienne l'envie de ramper pour m'échapper. Je redevenais la petite fille dans son enclos, j'étais la chèvre qui s'ennuie du soir au matin et rêve *comme ses compagnes de s'en aller dans la montagne*, quitte à se faire bouffer. « Tu es là ? »

Je ne disais rien. Devant mon silence embarrassé, elle a eu la prévenance de changer de sujet pour m'annoncer qu'elle n'avait pas trouvé de cadeau, parce que l'idée de sortir de chez elle lui provoquait des accès de tachycardie. J'écoutais tout en lui assurant que ce n'était pas important cette histoire de cadeau, parce que après tout ce n'était pas mon anniversaire. J'étais prête à tout pour qu'elle me fiche la paix. Mais elle a sorti sa carte maîtresse, elle m'a dit : « C'est dur, tu sais. Toi, ça va, tu as Scarlett. Moi je n'ai personne. » Alors pour éponger cette dette infinie que je semblais avoir envers elle, ou peut-être parce que j'étais grisée d'être une bonne mère grâce à l'Angleterre, j'ai voulu être une bonne fille. Elle m'avait répété sa vie entière qu'elle allait mourir et j'ai eu peur, soudain, que ce jour funeste soit imminent, j'ai eu peur de recevoir un coup de fil des pompiers ou de Rose, sa voisine. J'ai pensé à cette vie passée sans réussir à avoir envie d'autre chose que de la fuir, et j'ai eu de la peine pour nous.

Je lui ai proposé de venir avec moi à Palavas, je lui ai parlé de bord de mer, de soleil, de la cousine Romy, je n'ai laissé aucun blanc. Elle m'écoutait pour une fois, et m'a demandé avec beaucoup d'intérêt si c'était loin de Gap. J'ai répondu que ce devait être l'équivalent d'un trajet Guingamp-Caen mais que je n'en étais pas certaine. Elle qui déclinait les propositions par principe avait dit oui, pour une fois.

C'est comme ça que nous nous sommes retrouvées ensemble dans cette histoire. En raccrochant, j'ai allumé une cigarette et j'ai pensé que c'était une idée absurde de l'emmener en voyage. Mais une partie de moi me poussait à le faire. Au fond, je crois que j'avais besoin de la voir sur un autre territoire que le sien, de la rencontrer ailleurs puisque chez elle c'était impossible. Je voulais nous donner une chance.

Je crois que je rêve, ou je rêve que je me réveille. Je suis dans mon lit, j'entends des voix. Quelqu'un marche autour de moi, je perçois le bruit de ses pas sans pouvoir bouger. Mon corps ne répond pas, je veux crier mais aucun son ne sort de ma bouche et ça me tétanise. Je me vois d'en haut, allongée, le corps distinct de mon esprit.

Quelqu'un m'observe, il y a une présence, forte, presque inquiétante. Peut-être que c'est moi qui marche autour de moi, sinon, qui d'autre me ferait peur comme ça ?

Dans mon rêve je reconnais cette sensation. Il n'y a rien d'étrange, je me dis que c'est une dissociation entre mon corps et mon cerveau le temps que les deux se rejoignent pour se réveiller. Le contact se fait lentement. Calme-toi, réveille-toi.

Je notais mes rêves tant que je pouvais, avec les dates, les lieux, les gens. L'activité me paraissait vaine, pourtant j'aimais cette course avant l'oubli que je gagnais rarement. Il fallait allumer la lampe de chevet, trouver de quoi écrire, se souvenir, surtout. L'entreprise nécessitait de la rigueur et une forme d'entraînement. On m'avait conseillé de tout consigner sur mon téléphone mais j'en étais incapable. Le monde moderne était bien trop flou pour mes yeux le matin. Les quelques rêves qui se frayaient un chemin jusqu'à mon carnet étaient une sorte d'indication, de messages codés dont l'accumulation au fil du temps allait bien finir par me donner la clé de ma vie intérieure. J'avais lu quelque part que nous étions toutes les personnes dont nous rêvons et ça m'allait. À cette période, j'essayais de ne pas croire aux prémonitions ou aux signes divins et je cherchais scrupuleusement les liens entre mes rêves et les paroles entendues pendant la journée. Comme cette fois où Poutine avait hanté mes nuits au moment de sa réélection. On avait dit que c'était un phénomène social, que la moitié de la population mondiale avait rêvé de lui, et je n'avais pas échappé à la règle.

Alors que je préparais mon départ pour le Sud, j'avais été contactée par une collègue de *Ouest-France* parce qu'un loup avait été aperçu aux portes de la forêt de Coëtquen, près de Dinan. La coïncidence m'avait plu et rappelé un instant la boutique, l'odeur de patchouli et mon premier loup. La journaliste avait tenté de joindre les habituels débatteurs de loups sans succès et faute de mieux s'était rabattue sur moi. J'ai hésité avant de lui répondre, je ne voulais pas mettre une pièce dans la machine pour relancer la polémique. Mais elle m'a prise par les sentiments, avec sa voix enjouée et son envie de bien faire. Elle aurait aimé savoir si le loup de Dinan pouvait être le même que celui photographié à Goven, près de Rennes, quelques jours plus tôt. Les questions s'enchaînaient. Et si les loups arrivaient en masse en Bretagne ? « Les gens ont tendance à confondre les chiens et les loups », j'ai répondu, en lui conseillant de contacter l'Office français de la biodiversité pour avoir une confirmation. Ça pouvait très bien être le même, ou un autre, les jeunes loups sont comme ça, ils quittent leur meute pour trouver un nouvel espace et les longues distances ne leur font pas peur. « En gros, vous ne savez pas trop », a-t-elle conclu un peu sèchement au regard de l'effort que je faisais pour elle. « C'est difficile d'en dire plus. » Je devais la rassurer en répétant que les loups n'attaquaient pas les promeneurs, et les seuls qui le faisaient étaient les louves, si d'aventure on menaçait leurs petits. Elle a eu l'air de comprendre. « Donc les loups ne s'en prennent en général qu'à la faune sauvage, sauf si on vient les perturber dans leurs habitudes ? » Il était important de ne pas s'emporter sur le sujet, et j'ai répondu maladroitement :

« Oui, c'est ça, et il faut penser aussi que la nature se partage », et ça n'a pas loupé. Le lendemain de la publication de ces quelques lignes, les lecteurs étaient vent debout, le regard inquiet porté vers l'horizon. Ils voyaient des loups partout, de Rennes à Dinan jusque dans les monts d'Arrée. Des loups dans les choux-fleurs, des loups dans les porcheries géantes et bien fermées. Ils étaient sur le qui-vive et moi, je recevais une nouvelle salve de tous les côtés. À croire que mes détracteurs comme mes amis avaient des alertes Google pour me traquer à distance.

Parce que Brigitte aussi était furieuse. Elle m'a appelée en pleine promenade avec son chien à qui elle s'adressait autant qu'à moi, ce qui rendait la communication impossible. Elle a dit :

– Attention, mais qu'est-ce que tu fais, pourquoi tu as fait ça ? Non, pas ici ! Tu m'écoutes ?

– Tu parles à qui, Brigitte ?

Je l'entendais marcher, tousser sa fumée et s'énerver dans une foule.

– À toi bien sûr ! Non, non, non. Tu vas arrêter tout ça, mais pourquoi tu as fait ça ?

J'ai prétexté ne plus entendre pour mieux raccrocher.

Elle devait avoir raison, au fond. Cette dernière percée était probablement celle de trop. J'ai pensé : *Quel gain pour quel dommage*, devise qui m'évitait les tergiversations inutiles. Mais ce jour-là, aucune formule ni proverbe ne fonctionnaient. D'un côté, je trouvais insupportable d'être muselée par des chasseurs à fusil et ma propre rédaction, de l'autre, je ne pouvais pas trahir les loups.

Scarlett était embarquée malgré elle dans cette affaire. Pourtant, je détestais cette idée. J'avais grandi en me préparant à la possibilité d'un drame imminent puisque ma mère en parlait tout le temps. J'imaginais le pire, et à partir de cette angoisse, j'avais bâti un mur. À la naissance de ma fille, je m'étais juré de faire autrement, je ne voulais pas de drame, pas de désespoir ou de mur entre elle et moi, en tout cas pas à cet endroit. Il m'est arrivé une seule fois de faillir à cette promesse, quand un quotidien n'avait pas retenu ma candidature et que je m'étais effondrée devant elle en rentrant à la maison. En voyant son regard d'oisillon démuni, je m'étais ressaisie dans la seconde. Je reconnaissais cet air qui dit : « Je n'ai pas l'âge de ce que je dois consoler. » Depuis, j'essayais de tenir bon et d'avancer comme tout le monde.

Il me semblait que mes histoires de loups et de radio n'intéressaient pas Scarlett, jusqu'au soir de cette discussion décousue avec Brigitte et son chien. Pour calmer mes nerfs, j'avais décidé de ranger l'ensemble de ma documentation qui trônait dans le salon et de remiser les loups dans un tiroir.

Scarlett était assise dans le fauteuil du bureau et me regardait faire, muette, les yeux non loin de son téléphone. L'avant-veille, elle avait été suivie par un type dans la rue en rentrant du lycée, et elle avait dû se réfugier chez un coiffeur pour m'appeler. Elle avait attendu derrière les bacs, en larmes, le temps que j'arrive. J'aurais pu étrangler ce gars-là de mes mains, je l'aurais fait si je l'avais attrapé, mais en la voyant entourée d'adultes, l'homme avait subitement disparu dans la ville. Regarde ce truc, maman, et elle m'a montré cette *trend* sur TikTok, où des femmes répondaient à la question : *Imaginez que vous soyez seule en pleine forêt, préféreriez-vous croiser la route d'un homme ou celle d'un ours ?* Sans beaucoup de surprise, la plupart des femmes préféraient croiser l'ours, parce qu'elles savaient à quoi s'en tenir : « L'ours me tuera, alors que l'homme va me violer ou me torturer avant. » Elles ironisaient : « Si tu te fais attaquer par un ours, au moins on te croira[1]. » Certaines savaient qu'il ne fallait pas bouger, ne pas crier, bref, la plupart avait des parades. S'en sortir face à un ours, c'était du cinquante-cinquante, le calcul n'était pas si sûr face à un homme. Scarlett me montrait cette vidéo, l'iris humide, encore éblouie par la lumière de son écran et effrayée de la veille. « Lâche pas sur le loup », elle m'a dit, alors que je refermais le tiroir. Elle avait raison. Elle aussi savait. Le loup rétablissait un rapport de force en faisant peur à ceux qui nous faisaient peur et, dans les méandres de nos réflexions, le loup ou l'ours étaient quelque part nos alliés à toutes.

Je l'ai laissée regarder la pile de bouquins que je m'apprêtais à ranger dans la bibliothèque.

– C'est vrai ce que tu disais à la journaliste, faut pas bouger face à un loup ?

– Oui, il ne faut pas montrer que tu as peur.

– Mais il attaque les gens ?

– Ça reste un animal sauvage.

– Au fait, mamie s'intéresse plus que tu croies à ton histoire avec les chasseurs !

Je levais les sourcils. La remarque de Scarlett faisait écho à la dernière discussion que j'avais eue avec sa grand-mère, où elle s'enquerrait de la distance entre Gap et Palavas, même si je n'avais pas su quoi faire de cette information. Scarlett avait ajouté : « Si, je te jure », avant d'appuyer sa phrase d'un sourire.

D'après les conversations qu'elle me rapportait, maman s'était mise à rassembler les coupures de presse qui mentionnaient l'affaire, mais elle n'en savait pas plus.

Après cela, Scarlett est allée se coucher avec *L'Homme contre le loup, une guerre de deux mille ans* entre les mains. Ce n'était pas mon idée au départ, elle avait beaucoup aimé la couverture. Et j'ai rappelé maman.

Scarlett se préparait à l'idée de partir pour l'Angleterre et moi je cherchais quelqu'un pour garder mon chat, Monday, et l'appartement. La plupart des locataires me conseillaient Vassili, un trentenaire qui vivait dans le bâtiment C, en face, et dont le logement sur cour donnait sur le mien. Je le voyais souvent le nez sur son ordinateur quand je fermais mes volets le soir, et j'en avais déduit qu'il devait être gameur professionnel ou joueur de poker en ligne pour enchaîner autant de nuits blanches devant son écran. J'avais tout faux. Vassili était en reconversion professionnelle pour devenir libraire et il travaillait tard, tout simplement. Il était connu pour ne jamais partir en vacances, garder les chats et arroser les plantes. Il était le voisin idéal, il n'invitait personne et tenait gentiment la porte en vous saluant. J'ai appris plus tard qu'il avait eu un début de carrière de professeur de mathématiques mais qu'il n'avait supporté ni les adolescents ni ses collègues.

Je me souviens de notre première conversation et d'une entrée en matière étonnante de sa part. C'était dans la cour, il avait dit en me voyant: « On a pour ainsi dire un lien de parenté, vous et moi. » Je n'avais pas compris tout de suite et l'avais regardé, perplexe. Il avait ajouté: « Vous savez que les loups et les vampires sont cousins ? » pour me mettre sur la voie. J'avais répondu : « C'est pour ça que vous ne dormez pas la nuit ? » et ça l'avait fait rire.

Vassili cherchait des fonds pour créer une librairie spécialisée dans les littératures de l'imaginaire, et il en parlait de sa voix rauque et ralentie par un accent difficile à identifier. Il portait des pantalons en velours qui lui donnaient un air de dandy, peut-être roumain, ou géorgien, mais sûrement pas français. Ma vieille voisine du premier l'aimait beaucoup. Elle répétait à l'envi qu'il était vraiment doué avec les chats, et elle avait raison.

Depuis mes premières enquêtes en tant que journaliste, je savais que chaque thématique a ses courants de pensée et ses collèges d'experts plus ou moins officiels, identifiables par leurs grades universitaires, leurs publications ou leurs expériences passées. Travailler sur les Dames blanches m'a fait entrer dans le monde plus poreux de l'autoproclamation où chacun s'attribuait volontiers le statut d'initié en phénomènes ésotériques, ce qui rendait la tâche de trouver quelqu'un de sérieux plus ardue que d'habitude. J'ai dû faire avec les charlatans, les médiums ou les chercheurs qui abordaient la question via des disciplines annexes pour récolter ce que je pouvais sur le sujet. J'ai appris que les Dames blanches ne formaient pas un groupe homogène de femmes fantômes, mais qu'elles se divisaient en catégories distinctes de spectres qui avaient en commun une mort brutale suivie d'apparitions tout de blanc vêtues. Il y avait les *auto-stoppeuses évanescentes* comme on les appelait, à l'image de celle de Palavas, et les autres, des jeunes femmes emmurées, enterrées ou poignardées dans des châteaux et qui revenaient de l'au-delà pour se venger. J'ai découvert sans surprise que dans chaque région, chaque village se racontait une légende de fille décédée dans des conditions sordides qui hantait les lieux de son assassinat. La figure même de ces mortes était insupportablement binaire, cachait la vérité et perpétuait les stéréotypes les plus tenaces jusque dans l'au-delà. D'un côté se trouvaient les Dames blanches inquiétantes mais sympathiques qui avaient la gentillesse de prévenir d'un danger sur le bord des routes. De l'autre, il y avait les méchantes, les Dames blanches hanteuses de murs qui persécutaient le tout-venant. Toutes étaient apparemment coincées dans le bas astral, où les mauvais morts errent malgré eux. Parmi ces âmes perdues et refoulées du paradis on retrouvait les criminels, les suicidés, et toutes les empêchées d'une fin paisible qui complotaient leur revanche sur le monde des vivants. Pour certains, la sanction s'apparentait à une double peine, pour d'autres, à un châtiment bien mérité.

J'avais la première partie de l'été pour commencer une prospection de terrain dans le sud et rencontrer la fameuse Romy qui devait avoir soixante ans aujourd'hui. Elle n'était pas la seule que je voulais interroger, il y avait aussi quelques journalistes locaux à la retraite, et avec un peu de chance ils se souviendraient de l'affaire. Tout avait été organisé avec Brigitte, qui avait accepté de passer en notes de frais l'essence et le péage. En deux clics, j'avais trouvé un *charmant T2 6 couchages non loin de la plage* pour moi et ma petite famille en attendant le voyage en Angleterre de Scarlett.

Il ne restait plus que le trajet à Guingamp pour récupérer ma mère. J'étais allée la chercher en voiture parce qu'elle ne pouvait pas prendre le train seule à cause de son dos. En arrivant devant le panneau de la ville, ça n'avait pas loupé. J'entrais en apnée ou dans le cosmos, en tous les cas dans un lieu qui manquait d'air. Une fois dans la rue, j'ai reconnu la maison avec les volets mi-clos, et j'ai regardé, moteur éteint, la petite fenêtre du toit en me remémorant la vue de là-haut. Les rideaux étaient les mêmes depuis trente ans. J'ai fini par sonner à la porte. « Bonjour, maman, ça va ? »

Elle a posé sa main sur mon épaule avant de retourner dans le couloir au milieu de ses sacs de voyage. Elle n'avait pas l'air contente de partir, je l'ai entendue souffler : « J'ai passé une semaine épouvantable. » Elle parlait en s'asseyant sur sa valise pour la fermer tout en s'essuyant les yeux avec sa manche. Ça n'allait pas fort à première vue. Elle m'a dit : « Tu tombes bien », en regardant son pull imbibé de larmes, et elle a d'emblée évoqué Rose, sa voisine, qui dépérissait à vue d'œil. Ça l'inquiétait. Rose était l'unique amie de maman, la seule qui l'écoutait sans broncher en fumant cigarette sur cigarette. C'était une petite femme brune et maigre, généreuse en picole. Je ne sais pas ce qu'elles se racontaient toutes les deux.

– Si Rose disparaît, qu'est-ce que je vais devenir ? Déjà que mon médecin est mort et que je suis obligée d'en voir un nouveau à l'autre bout de la ville…

– Rose ne va pas mourir, maman, elle est un peu abîmée, elle boit trop c'est tout, mais elle tient le coup.

Maman soulevait ses sacs en tremblant, la peau de ses biceps suivait le mouvement. J'ai toujours vu son bras remuer dans le maigre. Dans un geste mal coordonné, elle m'a tendu une pile de vieux vêtements pliés par terre.

– Prends ces pantalons, ils sont beaucoup trop grands, ils t'iront sûrement à toi.

Une heure et demie de route nous séparait, pourtant cela faisait plusieurs mois que je ne l'avais pas vue. Elle avait des cernes, « j'ai si mal dormi ». J'ai compris qu'elle était stressée à l'idée de partir et de laisser son amie. « Pousse-toi », je lui ai fait un peu sèchement, « je vais fermer ta valise ». Elle s'est exécutée. Je regardais son corps frêle perdu dans des habits trop larges, son teint et ses cheveux cendrés. Ma mère s'est déplacée sur le côté dans un flottement. On voyait presque à travers et je me suis demandé un instant si elle était bien réelle.

– Maman, tu t'es coupée ? Tu as du sang dans le cou.

– Oui chérie, je suis occupée.

– Coupée ou occupée ?

– Laisse-moi, j'ai très mal à la tête.

On a chargé les trois valises dont une qui sentait le musc, elle avait dû rester au grenier remplie de naphtaline, puis on a pris un café. Quand elle a été prête, elle est montée dans la voiture et s'est tournée vers la vitre tout le trajet. Je connaissais la route, les raccourcis. Je n'aimais pas cette ville, ces rues, et encore moins cette maison. J'ai fui tout ça comme j'ai fui la gamine que j'étais. Il y avait une mécanique redoutable entre nous, une force gravitationnelle. Elle flottait et je me suspendais à elle pour tenter de la retenir, de la ramener.

On a repris la route en direction de Rennes. Je jetais régulièrement un œil vers elle. Je regardais son visage, avec son duvet doux et ses traits qui perdaient en symétrie au fil du temps, ce que je trouvais très beau. Le muscle de son avant-bras s'est contracté légèrement en l'espace de quelques secondes et j'ai compris qu'elle s'était assoupie. J'avais un élan quand elle dormait, j'imaginais des conversations que nous n'aurions probablement jamais.

J'ai profité de son sommeil pour examiner les marques qu'elle avait au cou, on aurait dit des griffures profondes et assez récentes. J'ai attendu son réveil pour lui en parler mais elle a dormi comme une souche jusqu'à Rennes. Là, elle a ouvert les yeux, et sa première phrase a été pour Rose, elle ne pouvait pas vivre sans elle.

Arrivées dans le hall de l'immeuble, on a croisé Vassili qui revenait de courses. Il a gentiment tenu la porte, s'est approché pour nous aider avec les bagages. Il portait une longue chemise de théâtre sur un pantalon à côtes beige. Son visage était pâle, comme la dernière fois, sans l'ombre d'une barbe. Il a posé son cabas, a tendu son bras pour prendre un sac et j'ai constaté combien chacun de ses mouvements était maîtrisé. Il émanait une douceur hypnotique de sa gestuelle presque lente, et j'ai repensé à la remarque de Paulette concernant son don avec les chats. Nous sommes montés tous les trois dans l'ascenseur et je me suis retrouvée en sandwich entre lui et maman. Dans la lumière de la cabine, ces deux-là semblaient figés par le manque d'espace. Ils s'observaient sans même essayer de se sourire. Vassili a penché la tête vers maman mais elle n'a pas bougé d'un iota. Les secondes pesaient lourd, on osait à peine se parler. Maman s'est raidie, et cette légère réaction a ravivé les odeurs de musc et de naphtaline contenues dans sa valise. Vassili a regardé la valise en humant l'air discrètement, les yeux plissés, avant de les rouvrir dans un mouvement de recul. Le silence devenait gênant, et pour briser la glace, je l'ai invité à prendre un café à la maison. C'était l'occasion de lui demander officiellement son aide pour Monday. Devant ma porte d'entrée, j'ai senti un frisson me traverser.

– C'est gentil de m'inviter.

Vassili a pénétré dans l'appartement. Le chat a reniflé les chaussures de maman puis s'est réfugié sur les genoux de Vassili en faisant de drôles de bruits. Il avait ronronné sur lui comme rarement sur les cuisses de quelqu'un. Maman n'a ouvert la bouche que pour réclamer du sucre, de l'eau, le reste du temps elle regardait rêveusement par la fenêtre et je tentais au mieux de combler les silences.

Vassili est parti une fois son café avalé et maman a émis le souhait de se reposer. Je lui ai proposé d'occuper ma chambre durant son séjour. Elle s'est levée, a scruté la pièce, « l'appartement est vraiment petit », puis elle a demandé à Scarlett de s'occuper de ses valises avant de refermer la porte derrière elle.

Après quelques minutes, Scarlett est revenue dans le salon, un sourire en coin.

– Qu'est-ce qu'il se passe ?

Elle dodelinait en ne s'arrêtant plus de sourire.

– Rien, je crois qu'elle a forcé mamie aujourd'hui.

– Comment ça, *elle a forcé* ?

Ma fille a descendu d'un trait son jus d'ananas.

– Elle m'a dit de me méfier de Vassili. Elle m'a dit : « Il a une tête pas nette, on dirait un vampire. »

Au même moment, j'ai reçu un SMS de Vassili :

Anne, votre mère est très intéressante

S'étaient-ils reconnus ? Ces deux-là avaient en commun, il est vrai, les yeux cernés et une activité nocturne intense. Je ne savais pas comment interpréter le message de Vassili : se moquait-il ouvertement de maman et de son peu de conversation en la qualifiant ironiquement *d'intéressante* ? S'il m'arrivait de plaisanter sur l'apathie, les silences, la froideur ou le manque d'entrain évident de ma mère, je ne supportais pas que d'autres se permettent une sortie de route. J'ai répondu un laconique : *merci pour le chat*, pensant clore notre échange, mais il a insisté avec un deuxième message :

Je ne plaisante pas, Anne, votre mère a l'œil du loup

Je ne comprenais pas cette insistance. Parlait-il de la scène de l'ascenseur ? Faisait-il référence au café qui avait suivi ou brisait-il simplement toutes les lois de la politesse pour une remarque désobligeante ? Je me souviens d'avoir aussitôt mis ce message de côté pour l'oublier. Je ne vivais plus avec elle tous les jours mais je savais une chose : maman n'avait rien à voir avec le loup. Elle n'avait d'ailleurs montré qu'un vague mépris pour cet animal. Le loup était à moi.

Vassili avait pourtant vu l'âme de ma mère ce jour-là et c'est bien plus tard que j'ai compris ce qu'il tentait de me dire.

Le soir, Rose avait appelé pour prévenir de son arrivée. Maman était soulagée, et avait même un peu souri. Elle était sortie de la chambre avec son odeur de naphtaline qu'elle emmenait désormais partout avec elle. Ça venait de cette drôle de couette qui ne la quittait pas.

– Pourquoi tu as pris ton édredon avec toi ?

– Tu sais bien que j'en ai besoin pour dormir.

J'ai déplié le canapé pour la nuit.

– Rose arrive à 13 h 25 à la gare, tu iras la chercher ?

– À Rennes ?

– Tu iras la chercher ? C'est si compliqué de venir en bus jusque chez toi.

Je suis allée chercher Rose le lendemain. Rose la soiffarde, Rose la copine ivrogne de maman. Rose qui attendait en bout de quai avec l'air perdu et une minuscule valise. Elle m'est tombée dans les bras. Elle m'a dit : « Merci mille fois de m'accueillir, tu sais, mon addictologue m'a convaincue que le Sud me ferait du bien. » Elle ne s'arrêtait de parler que pour boire une gorgée de sa gourde, puis elle m'a tendu un petit paquet qu'elle avait dû emballer elle-même. Elle soufflait son haleine mentholée qui dissimulait à peine le whiskey planqué dans sa flasque. Au cours d'un monologue difficile à suivre, j'ai compris qu'elle s'inquiétait pour ma mère parce qu'elle sentait qu'elle n'avait plus la force de s'en occuper comme avant. Depuis qu'elles étaient voisines, Rose avait mis un point d'honneur à s'oublier, et je lui en voulais de ne pas assez penser à elle. Je lui en étais secrètement reconnaissante aussi.

J'ai ramené Rose à la maison. Elle s'est précipitée dans les bras de maman et toutes les deux se sont retranchées dans un coin du salon pour se retrouver. Qu'avaient-elles à se dire de plus que la veille ? Avant qu'elles ne s'éclipsent, je les ai prévenues que la location ne se trouvait pas à Palavas même, mais dans la ville voisine, à La Grande-Motte. Ça ne changeait rien à leurs vacances au bord de la mer, mais maman n'a pas pu s'empêcher : « Il paraît que ce n'est pas très beau La Grande-Motte. » Personne n'a réagi, pas même sa vieille copine. Elle a simplement toussé, puis est partie dans la salle de bains évacuer une accumulation de salive en râclant sa gorge de fond en comble.

Scarlett m'a lancé un regard inquiet :

– Ça va être coton les deux…

J'ai chuchoté :

– Je crois que Rose ne va pas fort.

– Mamie m'a dit. Elle est un peu *border* ?

J'ai hoché la tête, *border* était un faible mot. Scarlett fronçait les sourcils.

– Genre, c'est grave ?

– Genre, il faut qu'elle fasse attention…

Je cherchais une façon d'expliquer à ma fille qu'il ne restait plus beaucoup de foie à Rose, et qu'elle risquait probablement la cirrhose si elle ne mettait pas un terme aux lampées qu'elle s'envoyait en cachette.

Je suis dans cette ville qui me plaît. Celle dont je rêve souvent. J'y suis avec une fille, je crois que c'est une amie. On nous dit que le meilleur moyen de visiter la ville est de prendre un bus, mais que pour monter dans le bus il faut un ticket, et je n'ai pas de ticket. Elle non plus. On me dit que le père d'une autre fille en a distribué, et que c'est comme ça qu'elle est montée dans le bus. On part chacune de notre côté à la recherche de tickets qu'on ne trouve pas, bien sûr.

Je ne suis pas montée dans le bus, elle non plus.

Je me réveille.

Je crois que le bus est parti sans nous.

Qui était cette fille ? Qu'avons-nous manqué ? Pourquoi mon père ne m'a pas donné de ticket ?

Je me suis réveillée contrariée, je n'avais pas envie de penser à lui. Une des dernières fois que je l'avais vu remontait à mes six ou sept ans, je ne savais plus exactement. J'étais seule à la maison, on avait sonné et je me souviens encore de ma surprise et de cette joie naïve en découvrant son visage derrière la porte. Mon père m'impressionnait, il avait un air de pilote automobile, avec ses chemises à carreaux et sa coupe à la Robert Redford. Je le voyais peu, toujours à la dernière minute et jamais très longtemps. Il m'avait dit : « Ta mère est là ? » et je m'étais aussitôt imaginé qu'il avait échafaudé un stratagème pour me rendre visite en l'absence de ma mère parce que je lui manquais. « Elle est sortie », je lui ai répondu, mais il a à peine jeté un œil sur moi, il m'a décalée sur le côté avant de se diriger dans la salle à manger vers un meuble, une sorte de petit coffre en bois avec un oiseau sculpté, en s'exclamant : « Depuis le temps que je voulais le récupérer ! » Je l'ai regardé faire en silence, il n'était pas venu pour moi, non, il avait attendu le départ de ma mère pour reprendre son bien. En moins d'une minute, l'affaire était réglée, et il était reparti comme un voleur à qui on ouvre sans se faire prier.

Ce rêve, puis ce souvenir m'ont rappelé qu'à la naissance de ma fille je me suis fait tatouer une hirondelle en bas du dos pour célébrer sa présence sur terre et sur ma peau. Je pensais avoir choisi le motif au hasard, dans un élan d'amour spontané, mais en me réveillant ce matin-là, plus de trente ans après, j'ai eu un doute. J'ai fait le rapprochement avec l'oiseau du coffre. J'ai fermé les yeux et j'ai tenté de me remémorer sa forme sculptée sur ce maudit coffre. Je revoyais les contours des ailes déployées de chaque côté de la silhouette qui me fascinait enfant, exactement comme mon hirondelle. J'avais gravé sur ma peau l'empreinte de ce souvenir. J'ignore ce que renfermait ce coffre.

Cette nuit-là, personne n'a bien dormi. Depuis le canapé-lit, j'ai suivi l'activité nocturne de la maison, les allées et venues aux toilettes, les descentes dans le frigo. J'ai allumé pour lire un peu. Maman est venue me voir, inquiète. Le chat feulait devant sa couverture.

– Prends-le avec toi, il m'agace, il ne m'écoute pas.

– Un chat ça ne se commande pas vraiment, je lui ai répondu.

Elle s'est ensuite dirigée vers la cuisine pour me demander la marque de tisane la moins bas de gamme de ma réserve. Après en avoir reniflé plusieurs, elle est repartie dans la chambre avec un mug d'eau chaude en repoussant Monday du pied. Je ne me formalisais plus depuis longtemps. Ma mère avait le pessimisme chevillé au corps, il fallait juste s'y habituer. J'ai appelé Monday pour qu'il dorme auprès de moi.

Je tentais de réorganiser notre périple avec Rose fraîchement arrivée dans l'aventure. La perspective d'emmener ces deux-là en voyage compliquait mes affaires. J'ai pensé dissuader Scarlett de venir en lui proposant de rester à Rennes avec ses amies, mais elle a insisté. Depuis qu'elle avait vu *Mystères*, elle avait elle aussi très envie de partir sur les traces de la R5 rouge. « Et puis ça me plaît de t'aider pour ton boulot, c'est marrant. » Elle a ajouté : « Maman, *go with the flow*, c'est pas plus mal que mamie soit avec sa copine, on l'aura moins sur le dos. » J'ai fait semblant de m'offusquer : « Enfin, ma chérie, on ne parle pas de sa grand-mère de cette façon… » Mais comme souvent, elle ne m'entendait pas quand elle avait les yeux rivés sur ses notifications.

Avec Rose en plus dans la voiture, la question des bagages s'est posée. Maman en avait trois, et rien qu'avec ça le coffre était plein. Elle disait avoir besoin de tout, de sa couverture, de ses vestes même en été, de ses serviettes de bain. On a parlementé un moment pour la contraindre gentiment de réduire de moitié, et l'argument d'autorité était la valise de Rose. Je ne sais pas comment tout est rentré.

J'ai déposé un jeu de clés chez Vassili, encore déroutée par son SMS de la veille. Il m'a ouvert avec un grand sourire. Depuis l'entrée, une affiche accrochée au fond du couloir donnait à son visage un air de Médusa, avec ces serpents qui lui sortaient de la tête à l'arrière-plan. Son appartement était comme je le percevais depuis mon balcon, un peu en bazar. Les étagères croulaient sous un amas de bibelots et de livres, et quelques revues traînaient au sol.

Je l'ai remercié de nouveau pour le chat, en enchaînant les formules de circonstance pour finalement lui dire où étaient rangées les croquettes. Il m'écoutait avec l'air de vouloir m'interrompre :

– Vous savez, je ne voulais pas paraître intrusif hier. Venez, venez ! Comment va votre maman ?

Sa question méritait réflexion et il a souri devant mon hésitation. Dans l'attente d'une réponse qui n'arrivait pas, il s'est dirigé vers sa bibliothèque. Il me tournait le dos, le nez dans ses affaires, en laissant traîner les syllabes :

– C'est drôle quand même !

– Qu'est-ce qui est drôle ?

Il m'a tendu un carnet annoté par ses soins.

– Que vous travailliez sur les loups, et que je me sois beaucoup intéressé à ce sujet aussi.

– Aussi ?

J'ai pris le carnet dans mes mains en cherchant un titre, une indication.

– Vous pensez qu'on choisit au hasard ce qu'on aime ?

Je l'ai regardé, perplexe.

– Au hasard, comment ça ?

– Votre mère s'appelle Louise, c'est bien ça ?

– Oui, pourquoi ?

Il dissimulait à peine sa curiosité, mais je ne voulais pas le contrarier, il gardait Monday.

– Et Scarlett, pourquoi ? Pour le roman ?

– Ah, non, pas particulièrement, j'ai répondu en souriant.

J'ai jeté de nouveau un œil au carnet, mais sans lunettes je ne voyais qu'une suite de petites lignes difficiles à déchiffrer.

– Prenez-le, il pourrait vous servir. Ce sont quelques notes sur les loups. Elles sont pour vous.

J'ai voulu lui rendre l'objet mais il était décidé à me le donner.

– Merci, mais je ne travaille plus dessus pour le moment.

Il a secoué la tête en m'assurant qu'il s'agissait d'un autre type de notes et que c'était un cadeau. Soudain, il a eu l'air hésitant, un peu confus. Je l'ai vu inspirer longuement.

– Anne, vous allez sans doute me prendre pour un dingue, mais voilà, je crois que votre mère est lycanthrope.

– Pardon ? Lycanthrope ?

– Vous le pensez ?

– Quoi ? Que vous êtes dingue ?

Il recommençait avec son histoire de loups et je me demandais pourquoi il souhaitait absolument embarquer maman dans tout ça.

– Vous voyez ce que je veux vous dire ?

Oui et non. Je comprenais le sens des mots mis bout à bout sans faire le rapprochement entre le loup-garou et ma mère. Il planait au-delà de l'absurde.

– Attendez… Lycanthrope… vous pensez que ma mère se prend pour un loup-garou, ou qu'elle est un loup-garou ?

Il hochait la tête et a souri, gêné.

– Ce n'est pas grave, ça arrive vous savez.

J'ai souri à mon tour en pensant à son côté excentrique et décalé qui divertissait tant les voisins. Maman était une drôle de créature, on pouvait le lui accorder, mais de là à la soupçonner de sortir à la nuit tombée pour hurler sous la lune… Je l'imaginais plus volontiers se métamorphoser en une entité de spleen un peu brumeuse qu'en un loup sauvage et sanguinaire. Notre conversation prenait une tournure surréaliste et pour y couper court, je l'ai remercié une fois de plus, car après tout il accueillait Monday, j'ai prétexté la route à faire et glissé le carnet dans ma poche.

On a chargé la voiture. Scarlett s'est installée côté passager pour jouer les copilotes, ma mère et Rose à l'arrière. Nous n'étions pas déjà sur la nationale que Rose sirotait sa gourde remplie de je-ne-sais-quoi. Elle avait dû cacher des bouteilles dans son sac ou se servir chez moi. Maman, fidèle à elle-même, l'air fermé, gardait le visage tourné vers la vitre. J'ai osé un « Alors, contentes de partir ? » lancé à la cantonade et le silence reçu en guise de réponse nous a fait rire, Scarlett et moi. Et ça m'a plu de voir que c'était encore possible. Lorsqu'elle était enfant ça nous arrivait souvent, pour un rien, une blague ou un drôle de son. Mais au fur et à mesure que le temps avait filé, je remarquais que ces moments devenaient rares.

Maman a commencé à s'agiter pour obstruer la vitre avec son foulard, il y avait trop de soleil, trop de circulation et trop de bruit dans l'habitacle. C'est normal, a répondu Scarlett, on est sur la même route que tout le monde, pour faire comme tout le monde.

Le voyage était long et nous avons dû nous arrêter deux ou trois fois pour nous dégourdir les jambes, Scarlett et moi. Les deux copines dormaient profondément à l'arrière et leur inertie a fini par nous inquiéter. « Elles vont se déshydrater si on les laisse en plein soleil », s'est alarmée Scarlett sur les parkings d'une aire d'autoroute, « faut entrouvrir la fenêtre, comme pour les chiens ou les bébés, non ? » On a ouvert la porte avant et j'ai fumé appuyée contre le coffre pour surveiller leur sommeil. C'était du plomb, même le caniche qui se prenait pour un doberman en aboyant devant la voiture les a à peine sorties de leur léthargie. En un coup d'œil, maman l'a fait taire et il est retourné vers son maître la queue entre les jambes.

On est arrivées à l'adresse de notre location à La Grande-Motte vers 21 heures. Les logements s'alignaient à l'identique dans la résidence au point qu'il était difficile de trouver la porte d'entrée du premier coup. « C'est pas mal du tout », m'a lancé Scarlett en regardant autour d'elle. *Charmant T2* était un euphémisme pour ne pas dire *petit*. L'appartement, en rez-de-chaussée, était fait de murs blancs et de carrelage nacré. Le coin-cuisine, avec l'évier en inox et la table en plastique mélaminé, était ouvert sur la pièce principale où un poster de fleurs peintes offrait un peu de couleur dans ce camaïeu de pâle. À droite du clic-clac, un couloir menait à l'unique chambre avant de bifurquer sur une sorte d'alcôve où s'élevait, rasant le plafond, un lit superposé. Face au canapé, une porte-fenêtre donnait sur une courette entourée de canisses en roseaux placées à hauteur d'homme.

Après une journée de sieste sur la banquette arrière, Rose et maman n'avaient plus sommeil. Je les entendais s'activer dans ce qui est devenu leur chambre le temps du séjour, tandis que je tombais de fatigue. Scarlett avait l'air contente de son petit nid et je me suis retrouvée comme la veille à dormir dans le convertible du salon, avec le bruit du réfrigérateur pour seule compagnie.

Romy habitait encore dans la région et vivait à une demi-heure au nord de Montpellier. Nous nous étions donné rendez-vous dans l'après-midi. Scarlett voulait elle aussi assister à la rencontre. En préparant l'entretien, j'ai passé un coup de fil à Brigitte pour me replonger avec elle dans ses souvenirs. D'après ce qu'elle en disait, Romy avait toujours défendu sa copine de classe, Florence ou Françoise, elle ne se rappelait plus laquelle. Romy savait ce que les autres ne savaient pas. Depuis son enfance, avec ses cinq ans de plus qui comptaient tant à cet âge, elle lui avait fait miroiter qu'elle détenait le fin mot de l'histoire. C'est avec ces bouts d'information que nous sommes parties à sa rencontre. Sur la route, Scarlett googlait l'affaire tout en reniflant bruyamment l'air de la voiture.

– Elle sent bizarre mamie, tu ne trouves pas ?

– C'est son espèce de couette, oui, je ne sais pas ce qu'elle fabrique avec.

Elle continuait d'agiter ses pouces sur son écran pendant que je cherchais le numéro de la rue.

– Y a un truc qui ne colle pas avec ta théorie. Si la copine de Romy a vu quelque chose, c'est bien que les femmes aussi peuvent voir les Dames blanches.

J'ai freiné.

– Comment tu sais ça, qui t'a dit que j'avais pensé à ça ?

– Je suis pas sûre. Quand tu étais avec Brigitte peut-être, je vous ai entendues.

Scarlett entendait tout, mais ça ne changeait rien au fait que la Dame blanche de Palavas ne savait peut-être pas qu'il y avait deux femmes à l'arrière. D'ailleurs, d'après les archives, elles seules avaient pu la toucher puisque la revenante était assise entre les deux amies.

Romy nous attendait déjà sur le pas de la porte de sa maison. Elle était grande avec les cheveux teints en blond aux reflets dorés et portait un long tee-shirt qui lui serrait un peu les bras.

Elle nous a fait entrer dans le salon et nous a proposé un rafraîchissement pendant que j'installais mon enregistreur. « Ne vous inquiétez pas, on ne filmera pas tout de suite. C'est une première prise de contact, une sorte de repérage », j'ai prévenu en souriant. Scarlett semblait mettre Romy en confiance en restant en retrait, attentive aux moindres détails. Et puis Romy a commencé à parler :

– Je vous reçois parce que Brigitte m'a dit que vous étiez une bonne journaliste, que vous ne feriez pas des mauvaises histoires de tout ça.

Elle s'est redressée dans son fauteuil en cuir qui grinçait.

– Vous savez, moi j'étais en cours avec Françoise depuis le collège, on était très copines à l'époque. Elle sortait avec Lionel, celui qui conduisait la voiture. Il était plus âgé qu'elle et ça faisait des problèmes dans sa famille. On était toute une bande, avec Thierry, Florence, mais il y avait aussi Titi et Dominique. Qu'est-ce qu'on rigolait ensemble, le bon temps quoi !

– Et Françoise, elle était comment ?

Romy a souri.

– Je vous l'ai dit, elle avait des problèmes avec son père, il était vraiment strict et elle, elle adorait se maquiller, sortir le soir. Elle aimait beaucoup écouter « Il est libre, Max », la chanson, vous connaissez ? Elle aimait aussi Blondie, elle voulait ressembler à cette fille, la chanteuse, j'ai oublié son nom.

– Debbie Harry ? a dit Scarlett, qui googlait à une vitesse infernale. J'ai kiffé !

– Oui, voilà !

– Le proviseur disait qu'ils étaient des élèves sérieux.

– Oh, ce vieux machin… lui il en a profité de cette affaire… alors je ne sais pas s'ils étaient sérieux, mais ils ne faisaient pas plus de problèmes que les autres quoi !

Scarlett s'impatientait, je la voyais trépigner.

– Mais votre amie vous a raconté ce qui s'est passé cette nuit-là ?

– Bien sûr… Bien sûr…

Je laissais des blancs pour qu'elle s'en empare.

– Ils l'ont vraiment vue vous savez, elle était là, dans la voiture. Je me souviens de Françoise en parler, avec ses grands yeux. La femme est entrée par la porte et s'est assise entre Françoise et Florence. Elles ont senti sa présence. Françoise l'a trouvée étrange cette femme, et puis froide, même au toucher.

Romy me racontait ce que j'avais déjà lu et entendu partout, pourtant l'histoire devenait réelle en l'écoutant, j'y croyais presque. Romy continuait, imperturbable, son regard rivé au mien jusqu'au moment de l'évaporation de la Dame blanche en pleine route.

– Ça a foutu sa vie en l'air ce truc. On l'a traitée de folle, comme tous les autres. Ils étaient surtout jaloux…

– Qui ?

– Les autres, ceux qui n'avaient pas de bagnole, tout le monde était jaloux de Lionel à cause de sa R5 toute neuve. C'était le seul du quartier qui en avait une à son âge. Et les filles, elles étaient jalouses de Françoise qui frimait un peu de tout ça. Lionel venait la chercher le soir en klaxonnant devant le lycée. Elle se maquillait, elle avait un mec, une voiture rouge, parfois il n'en faut pas beaucoup.

Pendant les deux jours qui ont suivi notre arrivée à La Grande-Motte, je n'ai pas pu noter mes rêves. J'ouvrais les yeux avec la sensation désagréable de ne plus savoir où j'étais. Ces minutes d'égarement me faisaient perdre mes moyens et j'en oubliais le reste. Je n'avais plus rien de mes nuits.

La piste de la jalousie mentionnée par Romy m'avait plongée dans mes propres souvenirs de lycée, il y avait cet ami qui roulait en voiture quand tout le monde était à pied. Lui aussi avait eu une R5 rouge flambant neuve à ses dix-huit ans, et il avait beau nous balader et ramener les copains à bon port les samedis soirs, notre petite bande n'avait pas supporté son privilège, et ce sentiment diffus mêlé d'envie nous était impossible à regarder en face. La jalousie avait eu raison de notre amitié, on le traitait de frimeur, non pas parce qu'il l'était, mais parce que nous pressentions, impuissants, les effets des déterminismes sur nos avenirs respectifs.

Au matin du troisième jour, je me suis levée aux aurores. Il devait être 6 heures, la chaleur s'installait doucement dans notre location. Une odeur m'a tirée du lit plus tôt que d'habitude. Je n'arrivais pas à l'identifier. Elle ressemblait à celles qui se dégagent au plus fort des flux menstruels, c'était un peu aigre, ferreux et musqué à la fois. J'ai sondé mécaniquement entre mes cuisses en sachant pertinemment que ce n'était pas possible. J'ai parcouru l'appartement de long en large, les narines en alerte. Toutes les pièces étaient imprégnées de cet effluve écœurant. J'ai ouvert les fenêtres en pestant contre la tuyauterie et l'évacuation des eaux usées. Le courant d'air apportait un peu de répit et j'ai décidé de m'aérer moi aussi en allant chercher des croissants.

En passant la porte d'entrée, j'ai remarqué une trace brune sur la poignée extérieure. Il y en avait également sur la partie basse. Et puis il y avait cette puanteur, plus vive que dans la maison. J'ai tout de suite reconnu l'odeur de sang séché avant de voir, posé sur le sol comme une offrande, une sorte d'étron velu. Ça ne ressemblait pas à une déjection canine. Eu égard au diamètre et à l'émanation, il me semblait avoir affaire à un excrément du même genre que ceux que j'avais pu observer en immersion pastorale. On discernait la présence caractéristique de poils et d'os broyés dans la masse. J'ai refermé la porte derrière moi et suis retournée dans l'appartement. Je n'ai pas voulu faire de bruit, j'ignorais comment réagir, je ne savais pas si c'était grave. Je pressentais juste que ce n'était pas normal. Alors j'ai téléphoné à Brigitte, un peu déroutée, pour lui dire que j'avais trouvé ce qui me semblait être une crotte de loup à l'entrée de notre appartement.

– Mais comment ils auraient pu apprendre que tu es là-bas ?

Brigitte avait fait le lien avec mes harceleurs de boîte aux lettres.

– Comment veux-tu que je sache…

Elle retournait la situation dans tous les sens. C'était de l'intimidation, probablement, mais dans quel but ?

– Appelle les flics !

– Pour quoi faire ?

Après quelques secondes de flottement, elle m'a demandé de prélever un échantillon et de le lui envoyer dans une poche en plastique bien hermétique. Face à mon hésitation, elle a pris les devants :

– Ne discute pas. Et ne t'inquiète pas, ce n'est sûrement rien. Reste concentrée sur Palavas. Romy ne m'a dit que du bien de votre entrevue.

Je n'ai pas eu le temps d'appeler les flics : les voisins et le responsable de l'Apparthôtel l'avaient visiblement fait pour moi. J'avais à peine raccroché que j'entendais quelqu'un frapper à la porte. Surprise : un brigadier était accompagné d'une femme dans un uniforme de pompier.

Ils sont entrés. Le gendarme, un petit trapu, s'est présenté, a vérifié mon identité, puis s'est s'installé à côté du clic-clac que je venais de replier. Il était direct, aimable, et voulait connaître les raisons de ma présence dans le coin. J'ai hésité avant de répondre, perturbée par la présence de la pompière : « Il y a le feu ? » j'ai demandé, « il faut évacuer ? » Elle m'a souri et a coupé le gendarme dans son élan :

– Pardon, Gaby Couderc, vétérinaire sapeur-pompier pour le département.

Elle le dépassait d'une tête, avait les cheveux bouclés, la quarantaine, et une allure de fille qui marche dans la montagne.

– Vétérinaire sapeur-pompier ? J'ignorais qu'il y avait des vétérinaires chez les pompiers…

Elle a expliqué : elle était appelée lorsqu'il était question d'un problème de santé publique en lien avec un animal, qu'il soit sauvage ou de compagnie, elle a parlé d'une histoire de baleineau échoué sur une plage au début de l'été mais j'étais passée à côté de ça aussi. Le gendarme s'impatientait, reniflait bruyamment pour reprendre la main. Il a recadré la discussion, les voisins avaient aperçu un chien enragé roder dans la résidence, il y avait des traces de sang devant chez moi.

La présence de la véto me rassurait. Elle était vétérinaire et sapeur-pompier, je l'imaginais doublement sauver des vies et tout comprendre deux fois mieux que les autres. Le gendarme, lui, déboulait de nouveau avec ses questions : Avais-je entendu un bruit la veille ? combien de temps était-il prévu que je reste dans le coin ? J'ai raconté mes déboires sans retenue, les articles, les balles dans ma boîte aux lettres, persuadée d'avoir l'espace pour parler et d'être entendue, au moins par elle.

– Donc, d'après ma rédactrice en chef, la crotte de loup a un sens.

La vétérinaire écoutait en silence. Elle m'a demandé si j'avais un chien, un berger allemand ou un husky, tout en scrutant discrètement les indices d'une présence animale autour de nous. Mais il n'y avait pas de gamelle, pas de poils et surtout pas de bruit. J'ai mentionné Monday, mon chat resté à Rennes, ce qui l'a fait sourire. Le gendarme semblait préoccupé par les traces de sang et il s'inquiétait non pas de mes histoires d'articles et des menaces éventuelles qui pesaient sur moi, mais de la bonne santé des personnes présentes dans l'appartement. Devant son insistance, je suis allée réveiller maman, Rose et Scarlett. Elles sont arrivées en pyjama, les cheveux ébouriffés et la démarche ralentie par le sommeil.

– Qu'est-ce qu'il se passe ? m'a demandé Scarlett.

– Rien, chérie, ne t'en fais pas.

Scarlett observait le gendarme avec attention. Il s'adressait à maman qui cherchait les filtres pour la machine à café. Elle ouvrait et refermait lentement les placards les uns derrière les autres, sans s'énerver, ignorant magistralement les questions qu'on lui posait. « Je ne comprends pas bien ce que vous dites, j'ai très mal dormi. » Le gendarme a profité de cette réponse pour savoir si elle avait entendu des bruits durant la nuit, ce à quoi elle lui a rétorqué : « Mais pourquoi voulez-vous que j'entende quoi que ce soit, je vous dis que j'ai mal dormi. » Rose s'était assise sans un mot et gardait les deux mains sur la bouche pour s'empêcher de bâiller. L'interaction pouvait paraître lunaire pour qui n'avait jamais adressé la parole à ma mère ou vu Rose tremblotante le matin au réveil. De mon point de vue, tout semblait normal.

Le sang était un motif suffisant pour ne pas en rester là. J'ai compris qu'une enquête de voisinage était prévue, ce qui n'avait pas l'air de plaire au concierge qui attendait dehors, devant l'entrée. Il craignait pour la réputation de sa résidence, les dégradations des parties communes et la fuite des touristes.

Après une inspection rapide de l'appartement et un passage en revue de nos emplois du temps, ils sont partis tous les deux pour continuer leur porte à porte.

– Vous nous tiendrez informées ? j'ai demandé en les raccompagnant.

Le gendarme a opiné du chef, puis il s'est retourné vers la vétérinaire. Elle ne démentait pas mon hypothèse sur la crotte de loup :

– Pour l'instant ne touchez à rien, la brigade est en chemin pour un kit de prélèvement.

J'ai refermé la porte derrière eux, la main sur la poignée, attendant qu'ils disparaissent au loin. Puis, à l'aide d'un sac congélation et d'une cuillère en plastique, j'ai récupéré une petite portion de crotte comme me l'avait demandé Brigitte. Scarlett ne perdait pas une miette de mes va-et-vient, elle me suivait partout, me conseillant au passage de prendre des photos.

Tout ce temps, maman et Rose n'avaient pas bougé d'un pouce. Scarlett, qui avait trouvé les filtres que sa grand-mère cherchait, s'est avancée vers moi.

– À ton avis, c'est quoi ?

– Un loup ? Un chien ? Des ados ? Je ne sais pas…

Maman a levé les yeux au ciel et a embarqué avec elle son mug de café pour le terminer dans sa chambre.

Ma réponse n'avait pas plu à Scarlett :

– Des ados, genre des ados ? Tu crois qu'on a que ça à faire, déplacer de la merde ? T'es sérieuse ?

Excédée, elle a brusquement lâché la cafetière sur la table. Sans me laisser la possibilité de rien, elle est retournée dans son lit en me criant que j'étais nulle. Elle ne m'avait pas regardée avec autant de mépris depuis au moins trois semaines.

Je suis restée dans la pièce, penaude, avec Rose fébrile qui me pointait du doigt sa gourde posée sur la crédence. Je lui ai versé un café, tendu sa gourde et lui ai tourné le dos par courtoisie le temps de sa gorgée. Je l'ai entendue me dire :

– T'en veux une goutte ?
– C'est un peu tôt, Rose, tu penses pas ?

Notre rendez-vous avec Romy avait été décalé. Son chien avait un problème, si bien qu'elle était allée en urgence à la clinique vétérinaire. J'ai songé à Monday et aussitôt écrit un message à Vassili pour prendre des nouvelles. Devant ce changement de programme et avec l'espoir de dissiper le stress matinal, j'ai proposé une virée à la plage en famille.

En chemin, je me suis arrêtée à La Poste pour envoyer, bien emballé, le prélèvement à Brigitte. J'avais opté pour un Colissimo express avec une livraison garantie en moins de vingt-quatre heures. On en a profité pour acheter un parasol pour maman, des crèmes pour Scarlett et on a beaucoup tourné avant de trouver une place sur le parking de la plage du Grand Travers parce que j'avais lu que c'était une des plus belles du littoral. Maman préférait poser sa serviette tout au bord de l'eau, car il faisait trop chaud vers la dune. Une fois installées on était bien, je sentais le soleil chauffer doucement ma peau. Scarlett se baignait, je la regardais aller et venir de la mer à sa serviette. Elle avait mis ses écouteurs et sorti un sudoku. J'avais les mains pleines de crème lorsque maman a voulu rentrer. Elle étouffait. « Je ne supporte plus la plage, j'ai passé l'âge. » Devant l'agacement de Scarlett, sa grand-mère continuait d'insister. Nous étions là depuis une heure et c'était bien assez. « Ce n'est pas bon le soleil pour ta peau, tu vas finir malade et ridée. »

J'ai ramené maman à la maison en laissant Scarlett sur place le temps de l'aller-retour. Rose s'en fichait pas mal de se faire trimballer, elle voyait du pays et c'était assez pour lui donner le sourire.

On a passé la journée à profiter autant du soleil que de l'ombre du parasol. On parlait peu. L'idée m'a traversée de revenir à cet endroit chaque année et de découvrir la Camargue.

Scarlett a tourné la tête vers moi en retirant son écouteur. Elle n'était plus fâchée.

– Tu sais, j'ai entendu du bruit cette nuit.

– Dehors ?

– Non, dans la maison. Elles se sont levées, les deux. Tu n'as rien entendu ?

Je n'avais rien entendu. J'avais sombré, comme j'avais le souvenir de sombrer petite, quand le sommeil venait me chercher pour m'emmener loin de chez moi.

Je suis dans un musée ou un théâtre, au milieu d'une foule de spectateurs. Le musée est une grande maison dans laquelle on suit les acteurs qui déambulent de pièce en pièce. Quelqu'un me chuchote que ma fille m'attend, et que cela fait plusieurs années que je dois la récupérer. On me met une enfant de trois ans dans les bras et elle pleure. Je pense que ce n'est pas la mienne, parce que je sais que ma vraie fille c'est Scarlett et qu'elle est bien plus grande. Mais j'ai un doute.

Elle ne me connaît pas.

Je me dis que j'ai peut-être oublié cette petite fille.

J'essaie de l'aimer vite mais je crois que c'est trop tard.

Elle pleure encore.

Je me réveille.

Je n'ai pas reconnu cette petite fille.

J'ai toujours aimé m'endormir tard, défier le sommeil et faire des choses en attendant. Ça ne me gêne pas non plus de me réveiller à 2 heures ou 3 heures du matin à cause d'une insomnie. La nuit je suis bien, je lis, j'écris, je ne pense à rien en regardant le temps passer par la fenêtre. Les moments où je n'aimais pas la nuit c'était lorsque j'étais jeune et que je devais rentrer seule. Pour le reste, je ne me souviens d'aucune frayeur particulière de fantômes ou de monstres sous le lit.

Brigitte a envoyé l'échantillon à l'un de ses contacts au laboratoire d'écologie alpine. Un type avec qui elle avait eu une aventure quand elle était partie *par hasard* en vacances en Isère à côté de chez lui. Le prélèvement avait servi de prétexte pour lui écrire de nouveau, et ç'avait marché. L'amant avait répondu rapidement tout en lui disant qu'il avait besoin de trois semaines pour garantir qu'il s'agissait bien d'un loup et non d'une autre espèce, comme un hybride, un peu loup, un peu chien, et il lui avait promis de faire au mieux. Elle s'étonnait de l'échéance tout de même, la repoussait-il ou avait-il vraiment besoin d'autant de temps ? L'amant avait répondu avec tact en trois paragraphes pour lui expliquer l'aspect technique de sa demande. Il n'était pas si simple de s'assurer d'un ADN de loup et le laboratoire réalisait plusieurs analyses pour éviter les faux positifs. Il mentionnait les congélateurs au sous-sol et les stocks d'échantillons d'ADN de toutes les familles de loup recensées. Brigitte avait réagi par des émoticônes de smiley à lunettes et attendait autant les résultats que le message plus personnel qui, elle le savait, viendrait avec. *Je t'écris vite, je t'embrasse*, avait-il envoyé en guise de conclusion. S'il l'embrassait déjà par texto, ça lui allait bien.

Nous étions en route pour rejoindre Romy lorsqu'on a croisé un couple qui logeait à deux portes de la nôtre. Ils semblaient contrariés, sûrement de la visite du gendarme et du sang sur la porte et dans le couloir. En arrivant à leur hauteur, je les ai vus chuchoter et nous dévisager. « Ils sont bizarres ceux-là », a fait Scarlett. « Ils doivent penser qu'on découpe des gens à la *Scarface* », j'ai plaisanté. Elle a souri sans me dire qu'elle n'avait pas la référence. Avec l'incident, les regards des voisins étaient devenus pesants, puis ç'a été le tour des voisins de nos voisins. La rumeur, quand elle part, va toujours trop vite, malgré une porte fraîchement nettoyée.

Romy nous attendait, son chien à ses pieds. Le pauvre avait une patte dans le plâtre, elle nous a raconté une histoire d'accident avec un gamin à vélo. J'imaginais pourtant les chiens habiles comme les chats, jusqu'au moment où je me suis souvenue d'avoir déjà marché sur Monday, quand lui ou moi ne faisions pas attention à l'autre.

Romy était détendue, elle souriait. Je savais qu'elle avait eu Brigitte au téléphone et j'espérais aller un peu plus loin cette fois-ci. Assise dans le même fauteuil, je l'ai relancée sur la piste de Lionel et de la jalousie en racontant l'anecdote de mon copain de lycée avec sa R5. Je cherchais à la mettre en confiance avant de reprendre mes questions. La personnalité de Françoise m'intriguait et j'avais aimé la façon qu'elle avait eue de la décrire, j'ai mentionné sa quête de liberté, son maquillage, sa fragilité et son refus de l'autorité. Il y avait dans son comportement une énergie adolescente universelle qui pouvait faire écho à un large public dans un documentaire.

Romy nourrissait notre conversation en apportant quelques informations, dont une sur laquelle je me suis arrêtée : Françoise s'était souvent vantée d'avoir déjà fait *bouger les verres*.

– Elle était spirite, vous pensez ?

– Nous l'étions tous après ça, je crois.

Elle regardait Scarlett, « les jeunes aiment bien jouer à se faire peur, non ? » Scarlett hochait la tête, l'air entendu.

Romy a pris le temps de décrire les sessions de spiritisme organisées tous les samedis soir par la bande. « Ils l'ont rappelée, cette Dame blanche, séance après séance. Ils voulaient vraiment comprendre, et elle est revenue leur parler. J'étais là. J'ai vu le verre bouger. »

L'histoire aurait pu être simple : la Dame blanche revenait pour expliquer, lettre après lettre, un coup oui, deux coups non, le pourquoi du comment de son apparition et tout se finissait bien. Mais ce ne fut pas le cas. Il y avait forcément un nœud dans l'affaire, une part plus sombre qui avait eu raison de la crédulité de Françoise en premier. L'esprit avec lequel la petite bande communiquait prétendait s'appeler Olivia de Havilland, la fameuse actrice du film de 1939, *Autant en emporte le vent*.

Scarlett a eu un mouvement de surprise, la coïncidence la troublait. Havilland jouait la rivale ingénue de Scarlett O'Hara, la douce, la gentille. Or, précisait Romy, en 1981, l'artiste n'était pas morte du tout.

« C'est vrai », a lâché Scarlett, ses yeux inquiets rivés sur son téléphone, « elle est morte en 2020 à l'âge de cent quatre ans et a été incinérée au cimetière du Père-Lachaise ».

– Mais alors, si ce n'était pas Olivia de Havilland, c'était qui ?

Romy regardait Scarlett avec insistance.

– Les esprits sont malins, ils jouent avec nous. Il ne faut en aucun cas les déranger…

Avant de se retrouver côte à côte dans une R5 avec la Dame blanche, Françoise n'avait pas, jusqu'alors, montré de penchant particulier pour le spiritisme ou le paranormal. C'est après Palavas que c'était devenu une obsession. Désespérée de trouver un sens à ce qui lui était arrivé, Françoise s'était mise à interroger l'univers, à haute voix, assise devant une table en bois et un verre retourné. Elle pensait qu'à force d'insistance elle obtiendrait des réponses. Mais l'esprit jouait avec elle et brouillait les pistes. Il se présentait sous un nom différent à chaque fois : un jour c'était Olivia de Havilland, l'autre Olivia Dupont, ou Olivia Durand, Olivia Newton-John, et même Marie-Claire Olivia, l'héroïne du film éponyme *Olivia*, de 1951. La plupart de ces femmes étaient bien vivantes, et la jeune Françoise avait compris qu'on la menait en bateau depuis l'au-delà. Elle tenait bon et continuait de parler aux morts contre l'avis de tout le monde. Elle en avait conclu qu'Olivia était le vrai prénom de la Dame blanche qu'elle avait vue, et cette information avait été déterminante pour la suite. Pendant des mois, sans doute même des années, elle avait cherché toutes les Olivia qui pouvaient lui vouloir du bien ou du mal, de la branche la plus éloignée de son arbre généalogique jusqu'aux faits divers les plus récents. Françoise avait aussi tenu une liste de toutes les accidentées des routes de l'Hérault et de toutes les femmes mortes du département qu'elle classait par prénom, par quartier et par âge. Elle en oubliait d'aller en cours, ne parlait que de ça au point d'inquiéter ses amis. « Elle était obnubilée par les rubriques nécrologiques. Elle passait son temps le nez dans les archives et les registres d'état civil. Olivia l'a hantée toute sa vie. »

– Mais, comment était-elle sûre qu'Olivia soit venue pour elle et pas pour les trois autres ?

Romy levait les yeux au ciel.

– Elle disait que ce n'était pas un hasard.

– Vous pensez qu'elle aimerait en parler ouvertement ?

– Je suis certaine que non.

Romy se souvenait qu'après la médiatisation du fait divers les gens reconnaissaient Françoise dans la rue et se comportaient avec elle comme si tout leur était permis. On racontait que l'histoire avait été montée de toutes pièces par les deux filles, avec l'aide d'un des gendarmes qu'elles auraient séduit, parce qu'elles voulaient se faire connaître pour ensuite monter à Paris et devenir actrices ou mannequins. En quelques semaines, les jeunes femmes avaient été la cible des passions locales. Romy avait évoqué une sortie à la pizzeria entre amies – à peine arrivées, des clients les avaient reconnues et traitées de menteuses. Romy se souvenait des injures les plus marquantes qui sifflaient vers elles ce soir-là, en les énumérant elle avait baissé la voix pour ne pas heurter Scarlett. Françoise était la principale cible de ces attaques, parce que c'était la première à avoir répondu aux questions filmées des journalistes et sa notoriété naissante suscitait la jalousie.

– Et les autres ?

– C'était différent.

J'ai demandé si elle avait des photos à nous montrer. Romy s'est absentée quelques minutes pour revenir avec deux gros albums plastifiés. Elle tournait les pages lentement, le temps de redécouvrir les images oubliées. Elle souriait, « Oh mon Dieu c'est Didier, là c'est Chantal... » Et puis elle s'est arrêtée sur un cliché, « Ah, là, il y a tout le monde ! » Elle pointait de l'index une petite brune sur la droite, j'ai eu du mal à la reconnaître sous les traits de ses dix-sept ans. En suivant son doigt qui se déplaçait sur les visages, on pouvait voir le fameux Titi, son petit copain de l'époque, et puis Florence, Thierry, Lionel et enfin, Françoise. La bande posait devant un stand d'autotamponneuses, voûtés comme le sont les adolescents, sourire large, clope à la main et cheveux dans les yeux. Ça me rappelait les premières pochettes de disques de Renaud. Romy a eu l'air de vouloir s'arrêter là, et elle a vite refermé ses souvenirs pour les ranger dans l'armoire.

Ce jour-là, je n'ai rien obtenu de plus, ni patronyme ou lieu de résidence. Avec les quelques informations que j'avais en ma possession, comme le nom du proviseur, le lycée et l'année d'inscription au baccalauréat, je pouvais tenter ma chance dans les archives de la ville et remonter le fil. Mais pourquoi perdre du temps alors que Françoise n'avait manifestement aucune envie de parler, et qu'elle s'était retirée du monde après ça ? Le mieux était d'attendre, de faire mes preuves auprès de Romy.

J'avais l'intuition que la situation pouvait évoluer avec un peu de patience.

J'ai demandé à Romy si elle acceptait de m'accompagner sur les lieux à l'heure exacte où l'apparition s'était produite. Elle m'a souri, en ajoutant qu'elle y pensait chaque fois qu'elle passait devant et on a pris rendez-vous pour le lendemain au soir.

Dans la voiture, sur le chemin du retour, je sentais monter l'émotion de Scarlett, elle parlait peu et fixait machinalement la route, le temps d'emmagasiner ce qu'elle venait d'entendre. Quelque chose la troublait, probablement parce qu'elle avait l'âge de Françoise quand cette histoire lui était arrivée. Elle s'imaginait à sa place, un peu démunie, sans beaucoup d'assurance mais avec du bagou, elle s'imaginait affronter la vilénie de l'existence armée de ses dix-sept ans. Scarlett avait pris le témoignage de Romy de plein fouet, en écho à sa propre vie et ses découvertes récentes relatives au cynisme des adultes. Elle répétait que c'était injuste. Comme toute sa génération, Scarlett avait passé plus de temps en confinement qu'un assigné à résidence, et ce retrait du monde doublé de la tyrannie des réseaux sociaux l'avait obligée à appréhender son univers avec philosophie. Contrairement à ce que les vieux cons pouvaient en dire, les jeunes ne l'étaient pas tant que ça, cons, et il suffisait de les fréquenter pour s'en apercevoir. Forcée à imaginer une réalité, ma fille avait probablement une idée naïve de l'expérience pratique des interactions sociales du monde d'avant qui, paraît-il, était tellement mieux. Dans la vraie vie donc, des pères de famille attablés au restaurant avec femme et enfants pouvaient s'acharner sur une gamine de dix-huit ans et la traiter de pute sans que personne bouge. Et leurs femmes bien assises elles aussi pouvaient les laisser faire par lâcheté ou par peur des représailles. Au fil des mois, Scarlett découvrait que la violence ordinaire envers son genre était intemporelle, protéiforme, et elle accusait le coup.

– Mais, si par exemple tu me voyais parler aux esprits tous les soirs, si c'était moi qu'on traitait de salope, si je devenais folle, tu ferais quoi ?

– Je ferais du mieux que je peux. Comme je suis sûre que ses parents ont fait du mieux qu'ils pouvaient.

Ma réponse tombait à plat.

– Tu parles vraiment comme une daronne. Moi je te pose une vraie question, là.

Elle avait raison, je me défilais. Je lui parlais comme une daronne parce que j'en étais une et que cette posture me mettait face à un dilemme impossible : comment préserver ma fille du regard accablant que je portais sur notre condition à toutes sans la décourager de grandir dans un monde pensé contre elle et toutes les autres, sans exception ? Comment lui dire d'anticiper le danger tout en lui répétant de s'épanouir ? Que devais-je faire : adopter un discours rassurant pour entretenir l'illusion ou lui couper l'herbe sous le pied ? Et qui voulais-je persuader qu'elle s'en sortirait mieux que les autres ? Elle ou moi ?

Notre cause était vaine, les filles, les femmes, les vieilles se faisaient avoir sur toute la ligne et la pauvre Françoise en était un exemple parmi tant d'autres.

– Alors, je sais pas… Je t'emmènerais en Espagne, loin, là où personne ne te connaît. Je te protègerai.

Elle a détourné le regard vers la vitre.

– En Espagne ? Comme Amber Heard ? C'est ouf. Pourquoi ce serait à moi de tout quitter ?

– Chérie, que les choses soient claires. Si quelqu'un touche à un seul de tes cheveux, je le tuerai de mes mains ou avec mes dents et sans aucune hésitation. Je pourrirai sa vie et celle de ses descendants sur vingt générations.

Je réalisais mon erreur d'appréciation. Je pensais cette histoire anecdotique alors qu'elle révélait chaque jour une part tragique que Scarlett percevait intuitivement. En arrivant à la maison, je l'ai prévenue qu'elle cesserait de m'accompagner chez Romy. Elle absorbait la confusion emmagasinée par Françoise au fil du temps, et je regrettais de ne pas l'avoir anticipée.

Scarlett a acté son mécontentement en fermant rageusement la porte du couloir derrière elle. Je détestais me retrouver de l'autre côté de sa porte, même si je savais qu'il fallait en passer par là. Tout comme je détestais ne rien empêcher et voir la vie la transpercer parce qu'elle avait le cuir encore mou et que ça lui faisait mal.

Nous avons dîné toutes les quatre à la maison. Une quiche rapidement préparée que Rose a à peine touchée. Elle n'avait pas bonne mine. Elle écrasait des petits morceaux de pain du bout de ses doigts, les yeux baissés sur son assiette. Elle était écarlate – difficile de voir si elle avait pris un coup de soleil ou si sa gueule de bois s'éternisait. De son côté, Scarlett n'avait que Françoise en tête, et elle partageait à sa grand-mère des réflexions tous azimuts sur la jeunesse des années quatre-vingt. Maman écoutait passivement en se plaignant de son cou, elle se grattait, « regarde, c'est encore rouge ». Ses blessures ne cicatrisaient pas, les contours prenaient une couleur violette alors je lui ai suggéré de passer à la pharmacie le lendemain, ce qu'elle a immédiatement accepté. C'était plus fort que moi, même si en le faisant je me voyais alimenter la machine. Le temps ne changeait rien à l'affaire. Ma mère était un être dont j'avais la responsabilité tacite depuis ma naissance.

– Et toi, mamie ? Scarlett nous rappelait toutes au présent. Tu faisais quoi en 1981 ?

– Moi, en 1981 ? Je divorçais et j'élevais seule ta mère.

– C'est gai... a lâché Scarlett en dirigeant son regard vers moi. Mais, tu ne faisais pas un truc ? Tu ne travaillais pas ?

Maman ne travaillait pas, mais elle ne répondait pas non plus. J'ai ajouté une des choses que je savais d'elle :

– Tu as voté Mitterrand, non ?

– Oui, j'ai voté Mitterrand, mais bon... elle a haussé les épaules.

Rose s'est levée d'un coup et a couru vers la salle de bains pour vomir. Maman, imperturbable, n'a pas tardé à aller se coucher alors que Rose vidait ses tripes. Tout avait l'air normal. On est restées Scarlett et moi quelques minutes sans parler. Elle m'a lancé un coup d'œil où l'on devinait son embarras, j'ai répondu dans un sourire dépité avant de vérifier que Rose n'avait pas besoin d'aide. Scarlett me répétait : « C'est chaud les deux. » Il y avait pour le dessert une compote industrielle aussi navrante que la soirée, alors j'ai refermé le frigo et je lui ai proposé de manger une glace sur le front de mer.

Le lendemain, Scarlett n'avait pas envie d'aller à la plage, ce qui me convenait très bien. La plage était devenue une activité complexe en logistique et j'avais laissé les clés de la voiture à disposition pour que chacune se sente libre de ses mouvements.

J'avais prévu de rester à la maison l'après-midi pour travailler, il était temps d'écrire et d'ordonner mes idées. Je cherchais un angle un peu moins classique que celui habituellement proposé, à la hauteur des attentes d'un lectorat contemporain même si Brigitte se méfiait de mes élans à ce sujet. J'avais disposé mon ordinateur et quelques documents sur la table de la cuisine pour les classer. Scarlett rodait autour de moi. Elle piochait dans mes notes en grignotant des crackers qu'elle dispersait sur son passage.

– C'est quoi ?

Je l'entendais mastiquer, ce qui n'aidait pas à la concentration.

– Une sorte d'état des lieux sur les différentes catégories de Dames blanches, rangé par type d'événements.

– Ah oui, c'est pas que des auto-stoppeuses, c'est ça ?

Elle examinait d'un air interrogateur le dossier avec le mot ÉPIDÉMIES en page de garde. Tout en lui disant de ramasser ses miettes, je lui expliquais qu'une partie des fantômes qui nourrissaient la légende étaient des jeunes filles qu'on avait sacrifiées, vierges de préférence, pour se prémunir de la propagation de peste ou de choléra. Comme celle qui avait été enterrée vivante à Brasparts, dans le Finistère.

Scarlett intégrait l'information en mâchant la bouche ouverte.

– Et celles-là ?

Elle feuilletait le dossier MARIAGES FORCÉS.

– Celles-là se sont jetées d'un pont ou d'une tour pour éviter le mariage.

– Et ça ?

– Là ? Ce sont les féminicides conjugaux.

Scarlett déchiffrait mes notes, *attachée à une table pour l'éternité… morte de faim et de soif dans une cave… emmurée…*

– C'est où ?

– Celui-là, c'est au château de Pouancé, et la victime, c'est Marie Delorme. Son mari refusait qu'on lui adresse la parole. Mâche la bouche fermée, s'il te plaît, Scarlett.

Ma mère s'est approchée pour savoir si nous allions à la pharmacie.

– Les clés de la voiture sont sur la table, maman.

Scarlett continuait sa lecture, impassible :

– *Privée d'eau et de nourriture au château de Fougères-sur-Bièvre, Marie*… Mais pourquoi ?

– Je crois qu'un troubadour jouait de la guitare à côté d'elle, son mari n'a pas supporté.

Scarlett avalait frénétiquement ses crackers sans s'occuper de ses miettes.

Maman s'impatientait :

– Anne, tu veux bien m'accompagner à la pharmacie, dis ?

– Je travaille, maman. Prends la voiture, les clés sont sur la table.

Elle a regardé les clés en se retournant vers moi, « mais il fait trop jour pour conduire, la luminosité m'agresse la rétine, tu le sais bien ».

Scarlett parcourait mes dossiers en poussant des cris d'épouvante :

– Et elles : Marguerite, Jeanne et Blanche ?

– Château-Gaillard, la rumeur disait qu'elles étaient volages. Elles sont mortes de faim au cachot.

Maman nous parlait une fois de plus de ses yeux, et des effets de la lumière sur sa rétine fragile.

– Tiens, prends mes lunettes de soleil si tu veux.

Scarlett a jeté un coup d'œil à la table remplie de documents, puis elle s'est assise sur le canapé pour scroller quelques minutes avant de déclarer : « C'est toujours tragique pour les meufs en vrai. » Maman, qui n'avait que le mot *pharmacie* à la bouche, est intervenue : « Ne dis pas de bêtises, Scarlett, les hommes partent à la guerre, et c'est bien assez. »

J'ai éclaté de rire, d'un rire proche de la consternation, quant à ma fille, elle a réagi du tac au tac :

– Quoi, et c'est une raison, peut-être ?

– Bon, j'ai compris…

J'ai refermé mon ordinateur, nettoyé les miettes et accompagné maman à la pharmacie.

Elle me regardait en fronçant les sourcils, « pourquoi tu t'agaces de tout, Anne, tout le temps ? On ne peut jamais parler avec toi… », j'étais à deux doigts de la laisser sur le bord de la route, « j'aurais pu y aller avec Rose tu sais, il fallait juste me le dire ». Sur place, la pharmacienne n'était pas inquiète, mais si l'antiseptique ne venait pas à bout des rougeurs qu'elle avait au cou, nous devions consulter un médecin pour éviter l'infection. Maman était satisfaite, elle est repartie avec un sac rempli de crèmes et de pansements.

De retour à la maison, j'ai repris mon ouvrage non sans mal là où je l'avais abandonné. Maintenant qu'il était enfin établi que le monde des Dames blanches s'était construit sur un amas de violences impunies, il était difficile de relever le fait divers en dehors d'une lecture genrée du phénomène. C'était éthiquement au-delà de mes possibilités. Ces jeunes femmes incarnaient depuis l'an mille la sanction prévue pour les aspirantes à la liberté. Les plus pauvres n'échappaient pas à la règle, elles finissaient anonymes, lavandières fantômes de seconde zone, regroupées autour des rivières à laver, les jours de pleine lune, le linge sale de l'humanité. Ces mortes-là servaient d'allégorie à l'impureté associée aux femmes depuis la nuit des temps, condamnées à expier nos péchés pour l'éternité. Il restait le cas des auto-stoppeuses évanescentes à traiter, mais avant ça, il fallait préparer le dîner.

J'avais rendez-vous avec Romy pour une reconnaissance des lieux où la Dame blanche était apparue. Romy m'avait prévenue que la route n'était plus la même depuis les années quatre-vingt. Le béton s'était répandu avec des ronds-points, des parkings et toutes sortes d'aménagements sur le bas-côté. Elle était néanmoins en mesure de retrouver, à quelques mètres près, le périmètre des évènements, à savoir là où la Dame blanche était montée exactement, et où, selon ses amis, elle avait disparu.

Il n'avait pas été facile de convaincre Scarlett de rester à la maison ce soir-là. Je voulais qu'elle prenne du recul et qu'elle profite de ses vacances. Elle faisait semblant d'acquiescer tout en continuant les recherches de son côté. Son enquête adoptait peu à peu la forme d'un journal intime adressé à Françoise. J'aimais l'idée, c'était touchant, à son image, mais elle ne s'étendait pas sur le sujet. Bien évidemment, je n'avais pas le droit de lire quoi que ce soit.

Romy m'attendait chez elle. Je suis arrivée vers 22 heures et nous avons discuté avant de prendre la route. Elle était là, dans son salon aux fauteuils toujours blancs avec son chien à la patte toujours cassée et un verre de gin. Je ne parvenais pas à parler météo avec elle. Romy méritait mieux que ça. Elle finissait son deuxième verre et c'est à ce moment-là que je lui ai suggéré d'éviter de conduire.

En montant dans ma voiture, elle a humé discrètement l'air et j'en ai conclu que l'odeur de la couverture avait imprégné l'habitable. Moi je ne sentais plus rien, l'habitude peut-être. La Lune semblait pleine et la Grande Ourse à sa place. Romy me dirigeait. Entre deux indications, elle m'a parlé de Scarlett :

– Elle réfléchit beaucoup votre fille.

J'ai acquiescé dans un sourire tout en lui demandant si sa présence ne l'avait pas dérangée.

– Au contraire, ça m'a rappelé beaucoup de souvenirs. En la voyant, je me suis rendu compte à quel point nous étions encore des enfants quand c'est arrivé.

Il y avait pas mal de circulation malgré l'heure tardive. On a longé la mer comme dans un film de vacances avant de nous engager sous une file de lampadaires et de palmiers. Romy répétait que tout avait changé.

À la sortie de Palavas, au niveau du rond-point, elle m'a montré l'endroit exact où ils s'étaient arrêtés pour prendre la Dame blanche en stop. Le flux de voitures ne faiblissait pas et je n'ai pas eu la possibilité de ralentir. La route était banale, bien éclairée, avec des panneaux de signalisation, des terre-pleins et des séparateurs de voies. Il n'y avait rien de sordide, rien d'effrayant. On a roulé quelques minutes en direction de Montpellier en passant devant un parking de caravanes, le Pont Vert, et le fameux grand virage dangereux. « C'est ici qu'elle a disparu. »

Romy m'a demandé d'opérer un demi-tour pour revenir sur nos pas. Elle en a profité pour me montrer un endroit que je ne distinguais pas dans l'obscurité, où il était possible de se balader à cheval si Scarlett le voulait. Au rond-point, elle m'a fait passer par la petite route qui descendait sur la droite de la station-service pour nous garer sur le bas-côté. « Venez, on y va à pied. »

Je la suivais en cherchant la lampe torche sur mon portable. Elle me racontait que ce coin était devenu un lieu de pèlerinage, une activité en soi. Chacun avait ses habitudes, les jeunes buvaient leurs bières le samedi au Pont Vert pour se faire peur et écouter de la musique. Les autres, les experts du paranormal, débarquaient des quatre coins du monde pour quadriller la zone la nuit avec l'attirail des chasseurs de fantômes. Et puis il y avait les badauds, elle pestait: « L'été, c'est l'enfer avec les touristes. » Entre ceux qui juraient avoir vu passer un esprit, ceux qui détenaient la preuve d'une activité électromagnétique détecteurs à l'appui ou ceux qui ressentaient d'étranges présences, la légende ne faiblissait pas.

On s'est arrêtées sur un petit chemin en dehors de la grande route. Il n'y avait pas grand-chose, quelques arbres, de la végétation, on entendait les chevaux au loin. « C'est ici », m'a dit Romy. J'ai regardé autour de moi à la lumière de mon téléphone. Il n'y avait rien. J'ai appris que Françoise avait campé trois jours à l'endroit précis où nous nous tenions, elle était persuadée que la Dame blanche allait revenir vers elle. Le vent se levait et je regrettais ma veste laissée dans la voiture. Puis un silence de plomb s'est abattu sur la nature. Tout s'est arrêté. Je me taisais, j'écoutais et j'avais froid. Le bruit a repris d'un coup. Les chevaux se sont agités, on les sentait s'affoler, remuer de plus belle et frapper de leurs sabots sur le sol avec leurs corps lourds. « Vous entendez ? » m'a dit Romy. Je guettais. Il y a eu une vague d'aboiements, des chiens, on percevait l'inquiétude aux alentours, la faune locale semblait réagir à une présence. J'ai regardé Romy, fébrile. « Ça fait peur, hein ? » m'a-t-elle glissé. À cet endroit précis, entre la mer et la route, un peu dans la nature mais à proximité de l'activité humaine, ont jailli des hennissements mêlés au bruit des voitures, au vent, aux éclats de rire sur un fond de musique et d'oiseaux, et dans ce désordre sonore j'ai cru reconnaître le hurlement d'un loup.

– Vous avez entendu, le loup, là ?

– Quoi, le chien ? elle regardait autour d'elle. J'espère qu'il est en laisse.

On a attendu de longues minutes debout, le temps de nous imprégner du paysage avant de regagner la voiture. Sur le chemin du retour il n'y avait que les phares et les rayons de la lune pour nous guider jusqu'à la route principale.

Et là, à cinquante mètres environ, pris dans nos feux, on a cru voir un halo de lumière se diriger droit vers nous. En plissant les yeux j'ai compris qu'il s'agissait d'une silhouette blanche de femme qui semblait irradiée. L'éclat de sa robe nous aveuglait, et Romy a attrapé nerveusement la poignée de maintien pendant que je changeais la luminosité. C'était bien une femme qui approchait. Elle était grave et on la devinait pâle. Romy avait la main gauche posée sur son cœur.

La Dame blanche ! C'était presque trop beau pour être vrai, j'ouvrais les yeux en grand pour m'assurer de retenir chaque détail de cette apparition magnétique. Elle était là, marchait au bord de la route et ne s'évaporait pas. Je lui trouvais un air familier dans la démarche, et puis ses cheveux, son visage. Je l'ai reconnue. « C'est pas la Dame blanche, Romy, c'est ma mère. »

Ce n'est pas un rêve. Alors j'écris cette histoire ici pour ne pas l'oublier, avant que le temps ne m'inhibe, modifie mes souvenirs et les contorsionne pour les soumettre à la raison. J'écris ce qui m'est arrivé comme on écrirait le songe qui s'échappe au petit matin. Avec empressement et la peur qu'il ne s'envole, à la hâte. Dans cette course absurde, je me méfie autant de moi que des autres et de leur désir de comprendre. Je sens les regards amusés et les rires contenus. Ce sont les mêmes qu'ont dû affronter ceux qui ont juré avoir vu la Dame blanche ou entendu des pas dans le grenier la nuit. Moi, je crois ce que je vois, je suis comme saint Thomas. Mais toi, crois-tu ce que j'ai vu ? À quel moment la mémoire, les souvenirs nous jouent-ils des tours pour modifier à ce point-là notre perception ? À quel moment pense-t-on rêver sa vie ? Je ne suis pas folle, je ne communique pas avec les arbres ni ne crois à la Vierge qui pleure des larmes de sang.

Et je sais ce que j'ai vu cette nuit-là.

J'ai ramené maman à la maison en me demandant comment elle avait bien pu se retrouver sur cette route en pleine nuit. Elle avait parcouru plusieurs kilomètres de La Grande-Motte jusqu'ici dans un état second et j'envisageais toutes les raisons possibles : un mélange de somnifères et d'anxiolytiques, un début d'Alzheimer, une amnésie dissociative. Aucune de ces perspectives n'était rassurante. Je lui répétais qu'elle me fichait la trouille à jouer avec sa santé, mais elle n'entendait pas.

– Tu es venue en stop, tu as pris le bus ? Qu'est-ce que tu fais ici ?

Elle ne se souvenait de rien.

– J'ai marché…

– Mais tu as souvent des crises de somnambulisme ? Je vais en parler avec Rose. Ça va pas du tout là…

Elle regardait ses mains trembler en les serrant entre ses genoux pour mieux les contenir, comme si elle en avait l'habitude. Après ses mains ce sont ses jambes, puis le reste de son corps qui se sont mis à frissonner. Je reconnaissais les signes d'une crise dont elle seule avait le secret et qui la terrassaient plusieurs jours d'affilée.

– Tu aurais pu te faire écraser…

– Rose ne va pas bien, tu sais…

Maman répondait sans articuler, sa tête se cognait sur le rebord du siège au gré de la route.

– Toi non plus, tu ne vas pas bien.

En arrivant à la maison, on a retrouvé Rose sur le canapé, à moitié endormie devant la télé. Ça sentait le whiskey depuis la porte. Elle a ouvert les yeux et nous a suivies du regard, sans dire un mot, tandis qu'on traversait la pièce.

J'ai aidé maman à marcher jusqu'à sa chambre, elle titubait, à bout de force. En arrivant sur le seuil, il m'a semblé revivre une scène que j'avais déjà vécue. Au moment d'allumer, je l'ai vue endormie dans son lit alors que j'étais en train de la porter à bout de bras. Dans un mouvement de recul, j'ai reconnu la forme de sa silhouette sous les draps, avec cette façon bien à elle de se caler en chien de fusil, le bras droit entre les genoux. Je suis restée immobile un instant, interdite. Maman était allongée, mais elle était aussi accrochée à moi. Je me suis tournée vers elle et je l'ai entendue me dire : « N'allume pas. » En m'approchant de son lit, j'ai pu discerner les traits de son visage posé sur l'oreiller. Non, je ne rêvais pas. Son corps physique s'est avancé doucement vers son corps endormi et dans un mouvement progressif, j'ai vu ses deux enveloppes s'absorber l'une l'autre pour n'en faire qu'une. Elle m'a réclamé sa couverture, celle rapportée de Guingamp que j'ai retrouvée sous son lit. La housse de couette enfermait une sorte de peau, on aurait dit un manteau de fourrure glissé entre les deux draps de coton.

Je suis sortie de sa chambre comme on sort d'un rêve, sonnée, en me demandant si je n'avais pas tout inventé.

Je me suis dirigée doucement vers l'alcôve de Scarlett. Elle avait passé la soirée devant une série, rideaux fermés, bien calée dans son lit, le casque sur les oreilles. Elle m'en voulait encore d'être allée voir Romy sans elle. Je lui ai promis de l'emmener au Pont Vert en plein jour.

– Ça a été ce soir ?

– Mamie est partie se coucher hyper tôt et Rose avait des coups de fil à passer dans le salon. Pourquoi ?

– Mamie n'a pas bougé de sa chambre ?

– Ah non, je ne crois pas. J'ai même dû lui apporter une tisane. Pourquoi ?

– Pour rien, chérie, juste comme ça.

Je suis restée quelque temps dans la salle de bains, assise sans rien faire, j'avais besoin d'une douche pour me remettre les idées en place. Les images de maman en errance sur le bord de la route me revenaient en tête et j'ai pensé à ces personnes âgées qui déambulent, se perdent, et qu'on retrouve à des kilomètres de chez elles grâce à des signalements. Je savais que la dépression était un premier symptôme de la maladie, mais cela n'expliquait pas ce que je venais de voir. C'est alors que je me suis souvenue.

Je devais avoir quinze ans, il faisait nuit et j'avais l'habitude de fumer en cachette à ma fenêtre. Ce soir-là, comme tous les autres, j'étais allée à pas de velours jusqu'à l'embrasure de sa porte et j'avais délicatement tourné la poignée pour vérifier que ma mère dormait. Et je l'avais vue dormir profondément.

Sa respiration était lente, régulière. J'étais repartie sur la pointe des pieds, soulagée à l'idée de pouvoir en griller une tranquillement. De retour dans ma chambre, je m'étais installée sur le rebord de la fenêtre avec un cendrier, mon walkman et les cigarettes que je cachais à peine dans un tiroir. Je regardais la fumée se dissoudre dans l'air de la nuit, les voitures passer et les chats de gouttière zigzaguer sous la lumière des lampadaires. Soudain, elle était apparue au bout de la rue, de la même manière qu'elle était apparue ce soir, un peu errante, comme en halo. Je l'avais reconnue à sa démarche, et j'étais suffisamment sûre de moi pour éteindre ma cigarette en vitesse et refermer la fenêtre avant de foncer sous ma couette de peur qu'elle ne me prenne la main dans le sac. Comment avait-elle pu se retrouver dehors alors qu'elle était dans son lit quelques minutes auparavant ? Je ne trouvais pas de réponse, j'imaginais que j'avais été longue à m'installer, ou que je ne l'avais pas entendue se lever à cause de mon walkman, et la perspective de me faire attraper avait largement occulté le reste. Je ne sais pas si elle m'avait vue ce soir-là, mais j'ai cette image d'elle en train de déambuler sans s'inquiéter du reste.

Lorsque j'en avais parlé à Fred le lendemain, il avait ri, tout en insinuant que je n'avais pas fumé que des clopes. Et puis il s'était repris, ce devait être quelqu'un qui lui ressemblait, une vague hallucination provoquée par ma crainte de me faire pincer. Je savais qu'il voulait me rassurer et j'ai préféré oublier cette histoire. Et à force de ne plus y penser, je l'avais presque oubliée il faut bien le dire.

Je n'en savais pas beaucoup sur la vie ma mère. Je connaissais chacun de ses symptômes, mais j'en ignorais toutes les causes.

Ce que je savais d'elle était bien peu de chose. Elle était née après la guerre dans une petite ville, coincée entre quatre sœurs et un frère cadet. Elle allait à l'école communale la semaine et à l'église le dimanche. J'ignore ce qu'elle avait fait dans les années soixante, je l'imaginais twister en jupe plissée, entourée de quelques amies – l'image était belle, mais pas sûr qu'elle fût réaliste car de ma vie je n'avais jamais vu ma mère danser, ni aux anniversaires ni aux fêtes de famille. J'ignorais également ce qu'elle avait fait dans les années soixante-dix. J'avais deviné qu'elle écoutait les Beatles en retrouvant un jour de vieux vinyles dans un carton. Il me semble qu'elle n'avait jamais manifesté, jamais brûlé ses soutien-gorges ou revendiqué quoi que ce fût. Sur les photos, elle posait immanquablement tête penchée, de trois quarts, les yeux perdus dans le vide. Son visage ne changeait pas, je déduisais son âge à sa coupe de cheveux et au trait d'eye-liner en vogue selon les décennies. Et puis elle a rencontré mon père et je suis née, mais je ne sais pas non plus si elle en a conçu du bonheur car elle m'avait répété à l'envi combien elle avait trouvé dur de m'élever seule. Je ne sais pas non plus ce qu'elle avait fait dans les années quatre-vingt, à part qu'elle s'était mariée et qu'elle avait divorcé quelque temps plus tard. Je n'ai aucun souvenir de mes parents ensemble, juste une photo sur une plage de Bretagne avant ma naissance. Je ne crois pas lui avoir connu d'amours heureuses. Il y avait eu quelques hommes après lui, mais ils ne restaient pas bien longtemps. De mon point de vue d'enfant, ils avaient l'air de la fatiguer, ils lui parlaient sans la comprendre. La seule chose que je sais d'elle, c'est sa solitude finalement. Car à vrai dire, je crois que rien ne s'est vraiment bien passé dans sa vie.

Je suis sortie de la salle de bains et j'ai retrouvé Rose, manifestement ivre et affalée sur le clic-clac. « Ça va ? » j'ai demandé. Elle fuyait mon regard.

– J'ai pas assuré ce soir. Je n'ai pas pu la retenir.

Elle tentait d'attraper quelque chose sur la table basse, mais je ne comprenais pas quoi. Elle bougeait dans le vide, sans pouvoir se lever, en me disant que tout était foutu.

Je suis allée lui chercher un verre d'eau qu'elle a renversé sur le canapé, et dans un mouvement brusque le verre a fini par rebondir sur la table et se casser. Elle répétait qu'elle était désolée, et cinq euros en moins sur la caution.

– De quoi tu parles ?

– Le verre cassé, c'est la caution qui s'envole.

– Quelle caution ? Ce n'est rien ça, ne t'inquiète pas. Mais de quoi tu parles, qui est-ce que tu n'as pas pu retenir ?

Elle m'a regardée dans les yeux et on sentait que ça lui coûtait, parce que les siens sombraient au gré des montées d'alcool.

– Tu vois… très bien… de quoi je parle !

Elle s'est lancée dans un monologue incompréhensible, m'assurant que je savais et qu'il fallait que j'arrête de me voiler la face. Ses phrases n'avaient aucun sens, elle répétait qu'elle mourrait un jour, qu'elle la laisserait seule et que ça lui faisait peur.

– Tu dramatises là, viens, je vais t'emmener te coucher.

Elle m'a poussé le bras violemment, « j'ai besoin de personne », avant de s'excuser en titubant. Devant la porte du couloir, elle m'a lancé : « Tu sais très bien » en me tournant le dos comme au dernier acte.

Je n'ai pas beaucoup dormi cette nuit-là, je pensais à ce que j'avais vu dans la chambre de maman, je pensais à Romy, à

Françoise et son obsession pour la Dame blanche, je revoyais ma mère marcher dans cette rue de mes quinze ans alors qu'elle dormait dans la pièce à côté, je pensais à Fred, à Scarlett et à son obsession pour Françoise, je pensais à Rose et à son obsession pour maman, à maman et à son obsession d'elle-même. Je rêvais de dissociations, d'incrédulité, et de notre capacité collective à nous mentir à tous très gentiment pour ne pas subir la réalité et encore moins la révéler aux autres. J'ai dû finir par m'assoupir un peu, mais le sommeil a été mouvementé. Et si je devenais somnambule moi aussi, et si ma mère était possédée par le mal ou plutôt dépossédée de sa vie à tel point qu'elle avait créé un double pour vivre enfin. Et si je n'avais rien vu tout en éprouvant intimement la vérité. Je me suis réveillée avec la voix de Vassili lorsqu'il m'avait tendu le carnet avant notre départ. « Lisez-le », il m'avait dit avec son regard droit, « lisez-le, il pourrait vous servir, vous aider avec votre mère, ce sont quelques notes sur les loups ». Je le revois dans le hall d'entrée, sûr de lui, me parler avec malice de nos liens de parenté, « vous savez que les loups et les vampires sont cousins ? »

Au petit matin, Rose, maman et Scarlett sont arrivées à tour de rôle dans la cuisine et nous avons pris le petit déjeuner ensemble. Aucune de nous ne mouftait, seule Scarlett s'enthousiasmait en racontant par le menu les épisodes de la série qu'elle avait regardée hier soir.

Ma mère touillait mécaniquement un morceau de sucre dans son café en faisant remarquer à sa petite-fille qu'elle perdait son temps sur Netflix et qu'elle s'inquiétait pour sa capacité de concentration.

Rose faisait comme si nous ne nous étions pas parlé la veille. Elle cherchait de l'aspirine et semblait tout sourire. Moi, je voulais savoir si maman se souvenait de quelque chose.

– Ça vous dirait que je vous raconte la visite du Pont Vert hier ?

– C'est quoi le Pont Vert ? a questionné maman, occupée à refroidir son café avec sa cuillère.

– Le Pont Vert, la Dame blanche… Maman, c'est la raison pour laquelle on est là !

Scarlett m'a regardée en levant les yeux au ciel.

– Ah oui… a répondu maman en feignant de suivre. La Dame blanche…

J'ai raconté notre soirée avec Romy pendant que chacune s'affairait de son côté – j'essayais de donner les détails pour Scarlett qui semblait soucieuse de récolter des informations qu'elle n'avait pas encore. J'ai mentionné les chevaux aussi, en proposant une balade, et j'ai ajouté, un peu comme on s'enorgueillit d'avoir trouvé la chute suprême, les bruits étranges qu'on avait entendus :

– À un moment, je crois avoir perçu un hurlement de loup.

Scarlett a souri.

– Tu vois des loups partout, toi !

Maman n'avait pas l'air de réagir, elle ne se souvenait de rien, peut-être faisait-elle semblant. J'ai poursuivi : « Et sur le chemin du retour, on a cru voir la Dame blanche. »

Scarlett s'est un peu moquée :

– Les loups, la Dame blanche, c'était un festival hier soir, j'ai vraiment tout raté !

J'ai souri à sa remarque.

– Finalement, c'était juste une femme qui marchait sur le bord de la route…

Scarlett a fait la moue, déçue. Rose a marmonné que le nombre de passantes qu'on prenait pour des Dames blanches sur cette route devait se compter par centaines.

Moi, je voulais savoir :

– Et toi, maman ? Tu as fait quoi hier soir ?

Maman a levé les yeux, surprise de la question. « Rien de spécial, j'étais très fatiguée tu vois, et me suis couchée quand tu es partie. » Puis elle a ajouté, comme à son habitude, qu'elle avait *affreusement mal dormi*.

Maman avait passé une mauvaise nuit et ne se souvenait de rien. Comme d'habitude. Sa silhouette frêle s'était baladée sous la lune pendant que son double dormait du sommeil du juste dans son lit. Rose enchaînait les tartines le plus naturellement du monde, en étalant généreusement le beurre et la confiture, son couteau bien en main. Elle disait : « Un jour j'ai faim, un jour je ne peux rien avaler », les yeux vers la fenêtre, en prenant soin d'éviter mon regard tandis que maman se plaignait abondamment de céphalées.

En observant la scène, j'y ai retrouvé une atmosphère de déjà-vu. Je reconnaissais cette vibration particulière qui émanait du corps de ma mère pour résonner dans le mien, et j'avais intuitivement attribué cet état confus à un excès de tranquillisants et de culpabilité. Ma plus grande hypothèse, en dehors du loch Ness, avait situé l'origine de son mal dans le marasme endémique de la condition des femmes. Dans l'histoire que je me racontais d'elle, ma mère était de celles qui subissaient leur genre quand d'autres avaient eu les ressources pour s'en affranchir. Maman avait tout encaissé en espérant secrètement être reconnue pour son sacrifice. Elle n'était pas assez cynique pour trouver de la joie dans l'absurdité de ce monde, ni assez superficielle pour en profiter, et j'avais, faute de mieux, politisé son malheur pour lui donner un sens : maman était une femme et elle n'en avait pas la force.

Ce matin-là nous jouions comme souvent à ne rien voir, avec des tartines en guise d'accessoires pour mimer un quotidien paisible qui ne nous concernait pas. J'ai allumé la radio et cherché une station puisque nous n'avions pas grand-chose à nous dire. C'est France Bleu Hérault que nous avons capté en premier pour le journal de 9 heures. D'une voix grave, la journaliste annonçait que la mer Méditerranée se tropicalisait dangereusement avec un record de température de 28,9 degrés à la surface médiane, ce qui était inédit. Interrogé sur le sujet, le directeur du Seaquarium du Grau-du-Roi expliquait que de nouvelles espèces marines arrivaient en masse par le canal de Suez en provenance de la mer Rouge, au détriment des espèces qui ne toléraient pas les eaux chaudes. Les poissons crevaient par milliers mais cela n'avait pas l'air d'émouvoir grand monde, pas même la journaliste. Entre une manifestation anticorrida à Béziers et le crash d'un avion de haute voltige au large des plages du Lavandou, elle a mentionné un fait divers qui a retenu mon attention :

« Sinistre découverte ce matin au centre équestre de Palavas-les-Flots, une ponette prénommée Lorelei a été attaquée cette nuit par un loup à la manade du Pont Vert. L'émotion est immense, la mort de cette ponette, qui remportait de nombreux titres, a été vécue comme un coup de massue par sa propriétaire mais aussi par tous les membres de la manade. »

Je me suis raidie. Maman ne semblait pas réagir à l'information et Rose persistait avec son air absent. Seule Scarlett m'a fixée en augmentant le son de la radio.

– Mais c'est ça que j'ai entendu hier ! J'ai entendu les chevaux… J'étais au Pont Vert, à cinquante mètres, juste avant que je te…

J'allais dire le mot *récupère* en regardant maman, mais je me suis arrêtée à temps. Elle n'avait pas l'air de comprendre.

La journaliste a repris. Cette tragédie locale signifiait une chose : le loup faisait officiellement son entrée dans le sud de l'Hérault. Jusqu'ici, seuls quatre mâles avaient été formellement identifiés par l'OFB dans le nord du département, entre les monts Caroux, du Somail, jusqu'au Larzac. Cet événement venait renforcer le témoignage d'une conductrice en février dernier, qui déclarait avoir aperçu trois loups en train de traverser le grand rond-point des 4 Vents, au niveau de La Guinguette de Roger et Fifi, à quatre kilomètres au sud de Montpellier, le long des étangs vers Villeneuve-lès-Maguelone, sur la route de Palavas[2]. À l'époque, l'OFB avait privilégié la piste des chiens-loups tchécoslovaques, issus du croisement entre un berger allemand et une louve des Carpates, qui ressemblent à s'y méprendre à des loups mais qui restent avant tout de gros chiens de compagnie.

La propriétaire était en larmes en se remémorant la vie de bons et loyaux services de la ponette auprès de générations d'enfants. Sa peine était palpable, son animal ne méritait pas cette fin sordide, prédatée, éventrée férocement par une mâchoire de loup. La suite était prévisible : un éleveur avait pris le micro pour déplier un argumentaire compréhensible au regard des dégâts causés par l'animal, tout ça au profit d'imbéciles ignorants qui ne savent rien des écosystèmes, ces écolos du dimanche qui ne connaissent que le béton de la ville. Il n'avait pas fini : « Il y a quelques années de ça, le nombre d'attaques de loups sur les chevaux s'élevait à environ un par an, aujourd'hui on est plus à un par mois ! » Sa voix se serrait : « Les éleveurs ne peuvent plus vivre et travailler sereinement à cause de cette satanée bête qui n'a aucun prédateur et qui ne peut même pas être régulée par l'homme… » disait-il. « Le loup est une putain de menace[3] ! »

Maman ne bougeait pas. Imperturbable sur sa chaise.

C'était donc bien un loup que j'avais entendu la veille. J'avais senti sa présence rôder dans les parages, je n'étais pas folle. Puis je me suis souvenue de mon rêve et de Vassili m'intimant de lire ce qu'il m'avait donné avant de partir. J'ai délaissé machinalement la table du petit déjeuner pour chercher le carnet qui devait être dans mon sac. La couverture était grise et cartonnée façon Moleskine, avec un élastique qui l'entourait pour protéger les feuillets. En l'ouvrant, j'ai découvert ces mots sur la page de garde : *Versipellis, Werewolf et Loup-Garou, La lycanthropie dans la littérature à travers l'Europe. Conférences de C. Lecouteux, Nanterre 2010.*

À côté de *Versipellis* était inscrit entre parenthèses *Latin, manière de changer de forme*. Sur la deuxième page, on pouvait lire : *En Afrique, on croit aux hommes-chacals, hommes-hyènes ou léopards, chez les Inuits à l'homme-caribou, en Extrême-Orient aux hommes-tigres… Chaque pays, chaque civilisation a pensé le varouisme à sa façon et la forme du loup est une forme parmi tant d'autres. Autrefois, on croyait que l'homme disposait de plusieurs doubles-animaux et que ceux-ci s'échappaient dans son sommeil.*

Je me suis arrêtée sur cette dernière phrase. Elle me faisait peur parce qu'elle se rapprochait de mon expérience de la veille avec son double à elle. Il subsistait néanmoins une différence de taille puisqu'il ne s'agissait pas de double animal, mais de deux fois l'enveloppe corporelle de ma mère qu'il me semblait avoir vue, et ce détail ne figurait pas dans ses lignes.

J'ai parcouru au hasard quelques pages de plus et ma curiosité s'est arrêtée sur une liste d'une cinquantaine de mots : *Malou, Darou, Leu Varou, Loup Bérou, Garelaut, Lepérou, Garoun, Guérou, Lacarou…* Toutes les régions de France avaient leur patois pour désigner le loup-garou. La liste s'étendait aux pays voisins, de l'Angleterre à l'Irlande en passant par l'Écosse, ou plus à l'est avec le *wilkolak* polonais, le *wukodlak* serbe et le *vrkolak* slovaque à côté duquel était noté entre parenthèses et doublement souligné : *même nom que le vampire.*

Pendant que je lisais, Scarlett a poussé un cri ahurissant. En me retournant, j'ai découvert Rose penchée sur l'évier de la cuisine. Elle crachait, vomissait, rendait tripes et boyaux. Maman était auprès d'elle et lui caressait le dos. Elle répétait : « Pauvre Rose, la pauvre. » Scarlett paniquait en voyant Rose s'étouffer dans son vomi et j'ai eu le temps d'arriver à sa hauteur pour la rattraper in extremis avant qu'elle ne tombe en arrière. Rose s'est retrouvée dans mes bras, le teint pâle et transpirante, tout étourdie du malaise qu'elle venait d'avoir. Je tentais de me souvenir des gestes de premiers secours quand j'ai vu maman s'évanouir à son tour.

– Faut toujours qu'elle la ramène !

C'est sorti tout seul. En la voyant se cramponner fébrilement à sa chaise pour terminer le nez sur la table, j'ai eu un rejet. J'ai sommé Scarlett d'appeler les pompiers le temps de déposer Rose doucement sur le sol en position latérale de sécurité. Je me suis ensuite occupée de maman pour l'allonger elle aussi et lui mettre les jambes en l'air. J'ai fini par lui balancer un peu d'eau sur le visage sans ménagements, et elle a repris connaissance en considérant la mauvaise fille que j'étais.

Quand le médecin des pompiers est arrivé, il m'a dit que Rose avait frôlé le coma éthylique. Ils l'ont emmenée pour la réhydrater, d'après ce que j'ai compris. Maman les a suivis en leur répétant deux fois qu'elle aussi avait fait un malaise.

On est restées Scarlett et moi dans l'appartement. La journée venait seulement de commencer. Elle m'a lancé, en regardant son téléphone :

– T'as été un peu raide avec mamie je trouve… Le coup de l'eau, quand même.

– Je sais…

Elle a souri.

– En même temps, elle est toujours malade et on ne sait jamais quand c'est vrai. Genre, c'est « Pierre et le Loup ». Un jour elle aura vraiment mal et on passera à côté.

– J'irai les chercher tout à l'heure, elle va nous envoyer un SMS.

– Rose est souvent comme ça ?

J'ai hoché la tête un peu sonnée, Scarlett répétait pour elle-même : « C'est hyper badant quand même. »

Scarlett était sur le canapé pour finir sa série et moi je rangeais en essayant de reprendre mes esprits. Depuis son arrivée, Rose avait doublé les doses. Elle donnait l'impression de tout brûler, avec son whiskey et ses clopes à s'en calciner les bronches. L'air de la Méditerranée ne lui était pas aussi bénéfique que son addictologue l'avait prédit. J'espérais juste qu'elle ne mourrait pas là, maintenant, avec Scarlett dans les parages – et cette pensée m'a fait douter de ma propre empathie. Plus tard dans la matinée, j'ai envoyé un SMS à maman pour avoir de ses nouvelles.

Elle écoute Johnny, Tennessee, elle chante, ça va mieux

Je lui ai répondu avec un émoticône cœur en lui précisant que j'étais soulagée. J'ai renvoyé un autre SMS dans la foulée pour lui dire que j'étais désolée, en prétextant que j'avais eu peur. Elle m'a répondu par un émoticône pouce levé.

Romy m'avait envoyé un message. Elle avait dû écouter France Bleu au réveil elle aussi.

Un loup… vous aviez raison !!!

C'était bien un loup, oui, et je ne pouvais m'empêcher de penser à maman sur le bord de la route, hébétée et flottant comme un spectre, à maman dans mes bras et dans son lit, et à ce moment surnaturel de retour dans son corps. Cette dernière partie devenait suspecte à ma propre mémoire au fur et à mesure que la journée avançait.

J'ai passé les heures qui me restaient avant la tombée du soir sur une première version du papier que je devais rendre à Brigitte. Je mettais un peu de Romy, un peu de moi, je glissais quelques allusions sur le genre mais pas de quoi déranger le lecteur sous son parasol, pour citer les mots de notre DG qui avait peur de ne plus vendre. Peu avant la tombée de la nuit, maman m'a rappelée pour que je vienne les chercher. Rose avait repris un peu de couleurs mais maman ne récupérait pas. Elle était pâle et avait le geste lent, un peu hésitant.

Sur le chemin du retour, je lui ai demandé si elle se souvenait de la nuit qu'elle avait passée. L'air agacé, elle m'a répondu : « Mais ça fait trois fois que tu me demandes ce que j'ai fait, chérie, je te dis que j'ai très mal dormi. » J'ai jeté un œil sur Rose qui regardait droit devant elle. Elle m'a coupé la parole avant que je la prenne pour m'annoncer qu'elle avait envie d'une glace au Grand-Marnier.

J'ai rêvé que Scarlett se faisait arrêter parce qu'elle avait poussé une vieille dame sans le faire exprès. La vieille était tombée et elle était sur le point de mourir. Romy était là et lui demandait de dire la vérité. Scarlett l'écoutait dans une salle aux murs blancs, en souriant, sans se rendre compte de ce qui lui arrivait.

Je l'implorais de ne rien dire, de ne jamais avouer.

Elle était accusée de meurtre et partait en prison.

Je hurlais dans mon rêve : « Ne dis rien ! » Et mon propre cri m'a réveillée.

J'ai peur pour elle.

Brigitte m'appelait de sa voix de supérieure hiérarchique pour me faire part des analyses concernant la crotte – que je soupçonnais de loup – trouvée devant notre porte. L'amant l'avait alertée sur les premiers résultats tout en lui expliquant qu'il fallait attendre confirmation, et que cette procédure ajoutait une semaine d'attente. Elle était nerveuse et cherchait sa nouvelle vaporette de CBD pour se calmer.

– Ne t'emballe pas, Anne, ne t'emballe pas parce que je te connais !

Brigitte n'arrêtait pas de parler pour devancer les effets de la révélation qu'elle s'apprêtait à me faire :

– Je n'irai pas par quatre chemins, c'est sûrement un loup.

J'ai prétendu accuser le coup en laissant quelques secondes de silence.

– Je m'en doutais…

– C'est un loup, d'accord, mais le hic c'est qu'il n'a pas l'air d'être du coin. Gilles est perplexe. Ce n'est pas un profil qui a déjà été séquencé… D'après ce que j'ai compris, l'ADN est atypique, et ce n'est pas un hybride de chien non plus.

Le son métallique de sa respiration cognait contre mon tympan. Elle, en revanche, semblait déconcertée par mon silence. À partir de ces quelques éléments, elle avait tiré ses propres conclusions et envisageait un drame. Pour elle, une personne mal intentionnée, un dingue ou un désespéré avait ramassé une crotte de loup pour la déposer devant ma porte.

– Ne t'en fais pas. Si ces malades sont venus te harceler jusqu'à ta loc, je vais tout de suite prévenir les flics, notre avocat, et tous ceux qui sont sur l'enquête. Je ne comprends pas comment ils ont pu obtenir cette adresse ! C'est fou… Il faut que je sache à quel moment ça a fuité.

Brigitte me rappelait soudain à mes ennuis que j'avais mis de côté le temps du voyage à Palavas.

– Je ne m'en fais pas, ne t'inquiète pas.

– Tu es sûre ?

– Certaine. Tout va bien, Brigitte.

Mon instinct pressentait qu'elle se trompait et que j'avais affaire à bien autre chose, loin des chasseurs, loin des loups des plaines.

– D'accord. Et tu en es où ? Tu avances bien avec Romy ?

– Très bien. Je suis retournée au Pont Vert hier soir avec elle.

Brigitte semblait rassurée :

– Tu… peux m'envoyer une ébauche ?

J'ai acquiescé par onomatopées.

– Tu les as retrouvés ?

– Qui ?

– Les jeunes, les quatre ?

– Ils sont introuvables, Brigitte.

– Mince… C'est pas bon pour nous ça.

J'avais oublié de lui demander comment s'étaient passées les retrouvailles avec son laborantin. Mes pensées étaient ailleurs. Le carnet de Vassili m'obsédait. Je m'y plongeais avec ardeur sans voir le temps filer en assimilant littéralement les pages les unes après les autres. J'arrivais à m'en détourner quelques minutes lors d'un sursaut de lucidité pour finalement y revenir en décortiquant scrupuleusement son contenu. Les approches académiques et littéraires de l'objet m'échappaient presque volontairement et il fallait que je me rappelle à l'ordre : il s'agissait d'un recueil de croyances, de la prise de notes d'un colloque de médiévistes à barbe, et non d'un mode d'emploi sur les loups-garous, à savoir comment on en devient un et comment s'en guérir. Malgré cela, une chose me happait dans cette lecture et elle concernait la double notion de double : le double du corps et le soi transformé. Contrairement à ce qu'on pouvait voir au cinéma, le folklore européen ne parlait pas toujours de métamorphoses spectaculaires les jours de pleine lune, mais surtout de dédoublement, exactement comme ce qui arrivait à maman. Selon certaines légendes, il était possible de s'échapper de son corps physique et endormi pour prendre n'importe quelle forme vivante en fonction des besoins ; celle d'un ours, d'un loup ou d'une fougère par exemple. Selon d'autres croyances, l'humain avait la possibilité – qui n'était pas forcément une malédiction – d'incarner ce dédoublement directement dans sa chair. Il n'y avait plus de double, on devenait l'autre. La ligne de démarcation n'était pas si nette entre les deux procédés, et je m'efforçais à situer ce que j'avais vu à la lumière de ces nouvelles lectures.

C'est là que j'ai vacillé, grâce ou à cause de ces notes. Brigitte me présentait une version rationnelle qui ne traduisait plus toute l'histoire. Il manquait des fragments, et mon cerveau cherchait à combler le vide en alternant les raisonnements clairs, pragmatiques, et les déductions hâtives basées sur le carnet. Il n'y avait pas de demi-mesures. S'il s'agissait d'un loup, ce dont je n'avais jamais douté, la façon dont cette crotte était arrivée devant ma porte occupait toutes mes pensées parce qu'elle rendait réelle mon expérience de la veille. Vassili avait prédit la lycanthropie de maman et Romy avait vu en elle une Dame blanche. Moi, je ne croyais aucun des deux sur parole mais je me surprenais à envisager toutes les éventualités. Il y avait cette odeur, cet effluve âpre qui provenait de sa chambre et imprégnait l'appartement. Les chiens lui aboyaient dessus avant de la fuir, Monday feulait à ses pieds, et il y avait ces morsures sur son cou qui ne s'estompaient pas. Enfin, son dédoublement. Ce n'était pas un double effrayant à l'aspect de bête sauvage, mais un double épuisé et hagard que j'avais trouvé et ramené jusqu'à son lit, sur ses deux jambes, pour le voir réintégrer un corps endormi.

Je ne savais plus si mon imagination me jouait des tours ou si ma peur me racontait des histoires. J'entrais dans l'étrange en douceur, comme la grenouille trempée dans l'eau tiède qui ne s'échappe pas alors que la température monte jusqu'à l'ébouillanter. Je me suis perdue dans l'amplitude de ce qui est normal et ce qui ne l'est pas, et j'ai envisagé l'impensable. Si maman se dédoublait hypothétiquement en animal, quelle était l'animalité de maman ? Parce que je ne décelais en elle aucune trace de violence, d'agressivité, d'emportement ou même de colère. Maman était une personne si absente d'elle-même que je m'étais souvent demandé où se nichait sa rage. Tout ne pouvait pas se contenir par des doses massives de médicaments. En suivant cette logique alors, oui, le loup avait un sens.

Dans ce flot de pensées, j'ai tenté de me reprendre, de revenir à la piste la plus plausible concernant les traînées de sang et de défécation laissées devant chez nous. Brigitte avait raison. C'était l'hypothèse la plus crédible s'il fallait en envisager une, du moins c'était celle que Scarlett privilégiait aussi. Ou peut-être qu'un loup errant, un vrai, celui qui avait été aperçu au rond-point de la guinguette, était venu par un hasard improbable se soulager sur le seuil de notre porte avant d'aller déchiqueter le poney. Fallait-il alors interpréter cela comme un message, une façon de me signifier un territoire, une limite symbolique à ne pas franchir ?

Vassili avait entouré de rouge un concept qui attirait mon attention, celui de *Folie louvière*, issu d'un traité de Jean de Nynauld, un médecin français spécialiste de lycanthropie au XVIIe siècle :

Pensent estre transformez en loups ou en chiens, ce qui leur advient par les fumées de la mélancholie aduste, ou cholere noire, qui monte au cerveau et trouble tous les sens, et principalement l'imaginative[4].

Vassili avait apposé quelques phrases en dessous de la citation :

Selon Nynauld, la transformation est illusoire malgré les effets supposés des onguents. Les garous sont des sorciers, sauf en cas de lycanthropie naturelle. La folie louvière est nommée aussi mélancholie, lycaonie ou cynanthropie.

Quatre noms pour une seule maladie, ma mère aurait aimé. À la lecture de la définition et des commentaires de Vassili, il me semblait reconnaître les symptômes de maman, comme l'apathie, l'oubli, la *mélancholie aduste* ou la *cholere noire*, pour reprendre les mots de Nynauld. Aduste qualifiait ce que les médecins appelaient les humeurs épuisées, altérées, soit l'équivalent de la dépression de nos jours. Vassili avait écrit que la folie louvière avait perduré jusqu'à nous, en s'adaptant aux maux contemporains. On trouvait encore aujourd'hui des cas cliniques de lycanthropie, mais on ne les tuait plus d'un coup de fourche. On les hospitalisait. Les profils étaient les mêmes pourtant, des gens malheureux, souvent seuls, les reclus et les incompris. Leur condition leur était si insupportable qu'ils hurlaient au loup pour mieux en devenir un. Vassili avait ajouté une note en marge : *forte carence en vitamine B3* et *porphyrie*, mais je n'ai pas cherché plus loin.

Si la folie louvière ou la pensée lycanthrope m'était apparue délirante la première fois qu'elle m'avait traversé l'esprit, elle apparaissait au fil des heures être une piste de réflexion comme une autre.

Désormais, mon cerveau privilégiait irrationnellement l'idée d'une mère-lycanthrope à une mère dépressive. Je le sentais, je me voyais faire. Avec cette piste, j'avais enfin l'origine de son drame étrange et tout s'éclairait. Je glissais doucement. Mais pourquoi déféquerait-elle devant notre porte ? Était-ce un acte manqué ou un geste délibéré de sa part ? Était-elle sincère dans ses absences lorsqu'elle se dédoublait ou refoulait-elle ses souvenirs garous pour mieux lutter contre sa véritable nature ? Je me sentais atteinte de folie louvière par procuration.

J'ai passé la soirée à l'observer, à l'affût du moindre signe du loup en elle pour confirmer mes intuitions. Je scrutais sa façon de manger, de mâcher. Je regardais ses dents blanches et bien alignées. Ce soir-là, elle avait picoré quelques tomates, sa frugalité n'avait rien d'inhabituel à moins de considérer le poney englouti la veille qui pouvait la rassasier pour trois jours. Je me demandais si l'estomac de son double conservait les aliments de ses dévorations. Si c'était le cas, les doses massives de Débridat qu'elle avalait avaient du sens dans son parcours médical, et toutes les heures passées à lui déchiffrer les notices de médicaments étaient peut-être un appel à l'aide. Maman m'envoyait des messages codés depuis son autre, mais j'étais trop jeune à l'époque pour les comprendre.

Dans un habile jeu de miroirs, Rose me regardait, elle aussi, attentivement. Elle était cernée, terrassée par sa cuite monumentale. Pourtant, elle donnait l'impression d'un certain apaisement. Elle non plus n'avait pas faim et picorait son assiette comme je l'avais toujours vue faire. Je me refusais tout commentaire, de lui suggérer de boire beaucoup d'eau ou de lui rappeler ce qui s'était passé le matin même après le petit déjeuner. Rose n'était pas de celles qu'on materne, je ne sais pas si son esprit de contradiction l'empêchait d'accueillir les conseils ou si vraiment elle s'en fichait. Elle est sortie sur le petit balcon pour fumer une cigarette et je suis allée la rejoindre avec un verre de Coca. Elle m'a regardée, intriguée :

– Ce n'est pas très bon à cette heure-là, ça empêche de dormir, c'est bourré de sucre, c'est très mauvais.

– Je sais, mais j'ai besoin de mon énergie. Il faut que je travaille.

Elle a recraché sa fumée en souriant. Elle devinait que je voulais rester à l'affût.

– Très bien. Mais ne t'inquiète pas pour ce soir, il ne se passera rien.

Je l'ai rassurée en lui disant qu'elle pouvait compter sur moi si son état de santé nécessitait un détour par les urgences.

– Il ne s'agit pas de moi, Anne. On a quelques jours de répit.

– Mais de quoi tu parles ?

Elle a écrasé sa cigarette avant de retourner dans le salon et je n'ai vu que son dos jusqu'au coucher.

Que devais-je déduire de cet échange ? J'observais maman qui n'avait rien changé à ses habitudes et une empathie soudaine m'a prise. Ce soir-là, j'entendais mieux ses fatigues, je comprenais ses absences et son retrait du monde. Ce n'était pas sa faute, les lycanthropes ne gardent pas en mémoire leurs sorties nocturnes, et ils en reviennent épuisés. Vassili ne l'avait pas inventé, il faisait référence à un livre allemand d'un certain Erich Pohl sur la question. *La plupart du temps, les garous n'ont aucune responsabilité et sont très malheureux*, à l'image de maman. Je savais qu'elle ne s'attaquait pas aux innocents. Je l'imaginais arpenter les villes pour rétablir l'ordre et la justice, je l'imaginais choisir ses proies, courir après les méchants et les salauds qui s'en tirent à chaque fois. Dans sa quête, elle devait probablement venger les veuves et les orphelins, apporter de la viande aux pauvres, comme dans l'histoire de la louve de Bessarabie, cette femme qui se changeait en loup pour trouver de la nourriture pour ses enfants. Elle sortait la nuit en cachette et il y avait toujours du gibier sur la table au petit matin. Un soir, son mari avait fait semblant de dormir, avait vu un loup rôder dans son jardin et il l'avait touché d'un crucifix en faisant le signe de croix sur sa peau. Le loup s'était enfui dans les bois en hurlant. Après cette nuit-là, on a retrouvé le corps de la femme dans la forêt et toute la famille est morte de faim.

Qui sait si le double garou de ma mère avait tué le poney pour le donner aux pauvres. Qui sait s'il était tout bonnement pour elle – il fallait bien que la bête survive dans ce deuxième monde, et maman avait passé sous silence tout cela pour me protéger.

Peut-être qu'elle-même avait du mal à se souvenir, que sa rage nocturne l'effrayait le reste du temps. Ce double de louve justicière devait l'emporter sur nos vies étroites et raisonnables. Dans ce cas, oui, je pouvais tout lui pardonner, ma solitude d'enfant et celle qu'on partageait toutes les deux, mes cauchemars, son renoncement, ses absences, tout. Je me suis mise à aimer croire que ma mère était un animal sauvage. Au fond, je voulais que ma mère soit ce loup.

J'avais délaissé Scarlett ces derniers temps. J'avais délaissé mes recherches sur Françoise et le reste. J'étais ailleurs. La garoue occupait mes pensées, mais j'ai essayé de me rattraper en organisant un déjeuner en famille. Entrée-plat-dessert, avec des légumes du marché.

Je cherchais une recette de circonstance lorsque Scarlett s'est approchée pour me demander de la déposer à l'arrêt de bus – elle avait d'autres projets. Romy accueillait sa nièce, Léo, pour la semaine. Léo venait de la région parisienne, elle s'ennuyait ostensiblement chez sa tante, et pour le signifier à tout le monde, elle traînait son désarroi, un casque sur les oreilles, sans sortir de la maison. Romy avait pensé à Scarlett pour lui tenir compagnie, peut-être parce que les deux avaient ce même amour du repli.

Scarlett s'est préparée pour que je la dépose. Elle a débarqué, pimpante, « si c'est pas ouf, je te texte et tu viens me chercher ». J'ai dû lui couper la parole, j'ai dû l'agacer à cause de ce haut trop court que j'ai notifié verbalement, n'écoutant pas cette voix intérieure qui m'ordonnait de me taire. Je voulais la protéger de tous ceux qui la regardaient de travers. Je les repérais généralement avant qu'elle ne les voie. Je me souviens de la première fois, c'était dans le bus, un mercredi après-midi. Elle devait avoir douze ans et j'avais surpris un œil posé sur elle, celui d'un mec bien mis qui cachait son jeu en matant les petites filles. J'étais à un mètre et j'aurais pu le frapper. Je me suis interposée en cherchant à capter son attention sans faire de scandale parce que je ne voulais pas embarrasser Scarlett. Elle ne voyait rien, ne se rendait compte de rien. Elle continuait sa petite vie et pour rien au monde je ne l'en aurais extraite comme ça, sans sommation. Le type a fini par baisser les yeux, détourner son visage et l'affaire s'est arrêtée là. Mais depuis ce jour, chaque bout d'épaule me filait des angoisses. Je rêvais de les dégager un par un pour déblayer son chemin.

– Je pourrais être au bord du gouffre que tout ce qui t'intéresse c'est que je mette une veste.

Sa voix se serrait.

– Ce n'est pas ce que j'ai voulu dire…

– C'est tout ce qui t'intéresse…

Elle est repartie dans son coin et je me suis rendu compte que je n'avais pas répondu à son histoire de bus. Quand je l'ai rejointe, elle était sur son lit, le visage face au mur pour éviter de croiser mon regard. J'ai essayé de détendre l'atmosphère avec une plaisanterie mais ça ne marchait plus.

– Qu'est-ce qu'il se passe, Scarlett ?

– Rien, laisse tomber.

– Dis-moi.

J'ai compris qu'elle avait eu un accrochage avec une amie mais je n'avais pas tout le contexte. Elle avait la rage et le répétait comme une litanie... Depuis des mois, l'humeur de Scarlett variait au gré de ses relations avec ses copines. Elle s'ennuyait au lycée, elle cherchait un sens à l'existence et se perdait dedans. Est-ce que tout ça valait la peine, est-ce que le monde n'était pas complètement foutu, est-ce qu'elle pourrait enfin porter un crop-top tranquille, est-ce que Françoise avait vraiment vu la Dame blanche, est-ce qu'elle serait heureuse un jour ?

C'est tragique de quitter son enfance et ses illusions chaque fois un peu plus, on n'a pas assez d'une vie pour s'en remettre. En vieillissant on tient, parce qu'on a oublié. Ma fille était à cet endroit précis, empêtrée dans sa métamorphose. Elle l'observait tous les matins devant la glace, et moi, je n'avais rien d'autre à lui offrir que commenter ses choix de fringues et je m'en voulais. J'ai cru que je trouverais les mots, que je proposerais ce que je n'avais pas eu. Mais non. J'étais comme tout le monde. Finalement je lui ai suggéré de revenir sur le Pont Vert avec elle en fin de journée, après sa virée avec Léo.

– Je sais pas. Tu m'accompagnes au bus ?

Je l'ai déposée à l'arrêt de bus avant de retourner à la préparation de mon déjeuner un peu moins familial. Scarlett avait gardé ses distances tout le trajet et je n'arrivais jamais à m'y faire quand elle me tournait le dos.

Je regardais Rose déglutir et maman trier la salade aux endives. Le repas prenait des allures de buffet froid d'où s'échappaient quelques commentaires fastidieux, « tu aurais dû mettre des pommes dans la salade », ou « je n'aime pas beaucoup ce roquefort ». La suite a été interrompue par trois coups lents à la porte. Gaby Couderc se tenait debout sur le palier, elle était seule cette fois et arborait un air grave. Elle a demandé la permission d'entrer, puis elle est entrée sans permission. Après avoir essuyé ses rangers sur le tapis, elle a salué Rose et maman, encore occupées par le contenu de leurs assiettes.

– Je voulais vous l'annoncer en personne, les gendarmes sont débordés et c'est aussi un peu mon enquête, voilà… une chose m'intrigue.

Elle semblait avoir chaud dans son uniforme, quelques gouttes de transpiration perlaient entre sa chevelure et son cou. Je devinais ce qu'elle allait dire. L'échantillon prélevé était encore en analyse, ils attendaient confirmation mais tout pointait vers le loup. Elle a levé l'index pour me prévenir, ce n'était pas tout : « On a retrouvé des traces de sang humain et du sang d'autres – elle prononçait le o ouvert à la manière du Sud – animaux. » « Du sang humain », j'ai répété à voix haute, avant de poursuivre : « Mais du sang humain comment ? » Gaby restait vague, les gendarmes ne comprenaient pas grand-chose à cette histoire, et ils s'en remettaient totalement à son expertise sur cette affaire. Elle rassemblait les pièces d'un puzzle qui n'avait rien d'habituel. Il devait y avoir une erreur quelque part, Gaby reprenait l'enquête vétérinaire et sanitaire de zéro.

– Vous pensez que c'est du sang de poney ?

– Pourquoi de poney particulièrement, vous parlez de la manade ? Je vous dis qu'il y a du sang humain… Personne n'est blessé ici ?

Elle attendait une réponse et j'ai secoué la tête. J'ai prononcé les mots « poney » et « cheval » plusieurs fois en scrutant une éventuelle réaction de maman, résolument impassible dans la cuisine. Gaby Couderc me regardait faire et je lisais sur son visage une grande perplexité devant notre fonctionnement familial.

– Bien, bien, je vais vous laisser. Faites attention à vous.

Je lui ai proposé un rafraichissement mais elle ne voulait pas s'imposer plus longtemps. Elle s'inquiétait pour ce loup qui commençait à faire parler de lui et espérait qu'il n'était pas blessé. Alors j'ai insisté : « C'est fou quand même, un loup comme ça, qui se balade dans la ville. Il serait allé de Palavas à ici, La Grande-Motte. Vous allez essayer de le capturer, de l'abattre ? » Elle a répondu que tout dépendait de son état, mais qu'à partir du moment où le loup ne causait pas de trouble majeur à l'ordre public, elle ferait tout pour le laisser tranquille.

J'avais envie de la retenir, de lui parler des loups, je la bombardais de questions et elle s'en est dépêtrée en m'apprenant que les gendarmes repasseraient probablement dans l'après-midi, à cause du sang humain.

J'ai refermé la porte derrière moi et sorti le poulet rôti du four. Maman l'a ignoré, visiblement écœurée, « je ne mange pas trop de viande tu sais », et Rose est partie se reposer avant même que le plat n'arrive jusqu'à la table. Seule face à la bête dorée dans son jus, j'ai envoyé un message à Vassili. Je ne me suis pas encombrée de formules de politesse. Un SMS en entraînant un autre, notre discussion écrite s'est révélée étrangement directe :

Bonjour, Vassili. J'ai une question : comment devient-on loup-garou ?

Votre mère ?

Oui

Je vous l'avais dit

Je n'en revenais pas d'avoir cette conversation.

Alors ?

Ça dépend de vos origines et de vos croyances. Outre-Rhin : sur six filles nées à la suite, l'une est obligatoirement garoue. C'est noté dans le carnet

J'avais effectivement lu cette piste qui venait plus largement des pays de l'Est. Mais maman n'avait pas de sang allemand, elle n'avait pas assez de sœurs, ce que je me suis empressée d'écrire.

Vous êtes sûre ? Vous avez vérifié les actes de naissance, pas de mort-nées, fausses couches ?

Je ne sais pas

D'accord. Si un loup mord ou griffe quelqu'un, il devient loup-garou à son tour

Il ne m'apprenait rien, c'était presque un classique, la seule chose sur les loups-garous qui soit parvenue intacte jusqu'à nous.

Vassili m'a parlé ensuite des légendes irlandaises. Là-bas, le pouvoir de métamorphose était lié aux parents et pouvait sauter des générations. Quand ils étaient d'humeur à se transformer, les garous quittaient leur enveloppe charnelle et personne ne devait les toucher pendant leur sommeil.

Sinon ils ne peuvent plus reprendre leur apparence humaine. Si on les blesse lorsqu'ils sont loups, la blessure se retrouve exactement sur leur corps. Votre mère a-t-elle du sang irlandais ?

Je ne savais pas si maman avait du sang irlandais, en revanche elle m'avait toujours dit de ne la déranger sous aucun prétexte quand elle dormait.

Vassili semblait s'emballer, il répondait de plus en plus vite.

On a une piste. Faites un test ADN

Pour l'Irlande ?

Oui

Il me mitraillait d'informations. Enchaînait sur la Lituanie. Là-bas, la lycanthropie se transmettait en buvant à la santé du voisin.

Votre mère est allée en Lituanie, a croisé des Lituaniens ?

Je n'avais aucun souvenir d'éventuels amis lituaniens. Il y avait bien eu un Belge, mais c'était il y a longtemps.

Je ne crois pas, elle sort peu

Le tour des légendes n'était pas terminé ; j'avais ouvert une brèche qui me laissait à la fois crédule et sceptique. J'accueillais les histoires les unes après les autres. De toutes, les légendes caucasiennes étaient de loin les plus agaçantes. Selon elles, les femmes devenaient louves pendant sept ans en conséquence de leurs péchés. Un spectre entrait la nuit avec une peau de loup à la main et obligeait la femme à l'enfiler. Elle obéissait, dévorait ses enfants et ceux des autres.

Elle est enragée la nuit, et quand le jour approche, elle retrouve forme humaine et fait soigneusement disparaître la peau

Quels péchés ? Et puis, maman ne m'a pas dévorée

Vous aviez des frères et sœurs, avant ?

Non

Vous en êtes sûre ?

J'ai souri devant son insistance, mais l'idée de la peau de loup cachée quelque part me rappelait la valise que j'avais transportée depuis Guingamp.

Certaine. Mais je crois que maman a une peau de loup

Avec un onguent, une ceinture ?

Juste une peau

Pas d'enfants disparus, des enfants des voisins, des amis ?

Pour moi, maman ne s'attaquait qu'aux poneys. Elle sauvait les enfants et ne pouvait donc pas les manger.

Non. Mais une fourrure : oui

Assurez-vous que cette fourrure appartienne à un loup. En 1965, dans les Alpes, un mendiant a trouvé une peau de loup et l'a enfilée. Il est devenu loup pour toujours

Pour toujours ? Et lui, il a dévoré ses enfants... ?

Haha... vous êtes drôle

Maman redevient maman

J'avais hésité avant d'ajouter :

Je l'ai vue double, je l'ai vue réintégrer son corps

Vassili a répondu du tac au tac en saturant ses phrases de points d'exclamation et d'interrogation :

Mais l'avez-vous vue en loup ?!?

Non, mais j'ai vu son double réintégrer son corps

Je voyais sur l'écran les trois petits points s'animer puis disparaître. Vassili écrivait et effaçait. Il prenait son temps et choisissait ses mots. Il a changé de vocabulaire et m'a parlé des *Werewolfs*.

Ceux qui sont obligés de se métamorphoser en loup-garou régulièrement ont une courte queue entre les omoplates, et leur chevelure a deux épis. Vous avez regardé entre les omoplates de votre mère ?

Non, mais elle a des épis

Combien ?

Deux

C'est un signe

J'y ai vu une preuve qui m'a submergée.

Comment va Monday ?

Monday va très bien. Il est en pleine forme

J'ai rêvé d'une tombe dans mon salon qui n'était pas vraiment mon salon mais je savais que c'était le mien. La tombe était petite, discrète, comme celles des colombariums. Elle était glissée sous mon canapé jaune, de la même couleur que les rideaux de mon vrai salon. Il y avait une plaque posée devant et je devinais que c'étaient les cendres d'une jeune fille. Mon rêve consistait à regarder sous mon canapé et à me rendre compte que la tombe était là depuis longtemps. J'étais assise dessus des années durant sans le savoir, et je comprenais enfin les raisons de l'énergie étrange qui émanait de mon intérieur. J'ai essayé de l'enlever pour m'en débarrasser. Je n'y suis pas arrivée.

Quelqu'un est entré mais j'ai oublié qui et pourquoi.

Je me réveille.

Je me demande si je suis cette fille.

Les gendarmes n'étaient pas venus nous voir hier. Je les avais attendus un long moment avec une pointe d'appréhension. J'en avais profité pour essayer d'écrire quelques lignes sans y parvenir, en tournant autour des mots pour trouver le ton juste. Maman était partie se reposer sans toucher au poulet et sa sieste avait empiété sur la nuit. Cela faisait vingt heures qu'elle n'avait pas quitté sa chambre. Enfant, je me serais inquiétée, je serais allée sur la pointe des pieds, sans bruit, derrière sa porte, pour la surveiller, écouter sa respiration. Ce jour-là, j'ai pensé que tout était normal si l'on considérait son épopée de la veille. Maman avait besoin de repos et son manque d'appétit n'avait rien d'extraordinaire puisqu'elle avait mangé un poney.

Rose était assise à côté de ma table de travail sur le canapé, le nez sur son téléphone, absorbée par une partie de scrabble en ligne.

– Dis-moi, Rose, tu sais si maman est déjà allée en Lituanie ?

Rose a posé son portable un temps, le regard dans le vide en faisant doucement non de la tête, puis elle a remis ses lunettes pour continuer son jeu.

– Tu sais si elle a rencontré des Lituaniens un jour ?

Rose a reproduit sa moue à l'identique.

– Des Lituaniens ? Quelle drôle d'idée !

Je l'entendais calculer son score sur un mot compte double.

– Ta mère ne sort pas beaucoup si tu veux tout savoir.

Maman avait quatre sœurs et un frère, ça faisait bien une fratrie de six en tout, mais l'existence du frère rendait impossible la théorie germanique des six filles nées à la suite, sauf s'il y avait eu une mort-née avant ou après elle puisque le frère venait en dernier, et c'était la raison même de sa présence sur terre. Il était le miracle, l'enfant béni.

– Rose, tu sais si maman a eu d'autres sœurs que celles que je connais ?

Rose m'a observée tout en posant son portable sur la table. Puis, elle s'est levée en traînant ses savates sur le carrelage jusqu'au frigo pour y prendre une bière.

– Pourquoi toutes ces questions ? Tu ne sais vraiment rien ?

– Non. Ou pas grand-chose.

– Tu ne veux pas lui demander directement ?

– Tu plaisantes ?

– C'est vrai…

Elle est revenue s'asseoir en face de moi : « À moi de te poser une question maintenant. » J'observais ses mains maladroites décapsuler la cannette de blanche.

– Pourquoi tu la fuis, pourquoi tu la détestes ?

J'ai lâché mon stylo. La question de Rose m'a prise au dépourvu, je suis restée soufflée, avec une montée de colère devant ce *pourquoi* facile et accusateur. Rose attendait une réponse mais j'étais sèche. Mon thorax s'est raidi, je cherchais quoi dire pour garder une contenance.

– Mais… je ne déteste pas maman !

Je ne détestais pas ma mère, Rose ne comprenait rien. Je ne l'ai jamais détestée. Je l'ai fuie, c'est vrai, dès que j'ai pu, comme on pique un sprint face au danger, parce que je ne savais pas comment faire, ou alors je n'ai rien perçu, rien décodé de ce qui se cachait dans son foie, son ventre et ses médicaments. Je me suis toujours méfiée, non pas de son amour, mais de ses conséquences, une forme d'instinct devant l'engloutissement, je n'avais pas d'autre explication, mais je ne pouvais pas le dire à Rose, elle n'aurait pas compris.

J'étais si angoissée à l'idée qu'elle disparaisse que tous mes gestes lui étaient destinés. Rose ne savait pas non plus, elle ignorait tout de cette période. Je ne détestais pas maman mais je lui en voulais, parce que devant elle je redevenais cette petite fille obnubilée par un désespoir qu'aucune de nous deux n'avait réussi à apaiser. Avec ma mère j'étais seule face à ses démons, j'avais envie de hurler ma peur mais je ne pouvais pas. Je ne suis pas parvenue à guérir maman. J'ai échoué dans la seule et unique mission qu'elle m'ait confiée, et cet échec m'était insupportable.

Rose me regardait, en silence : « Tu ne dis rien ? »

Je lui ai souri.

– Je n'ai pas grand-chose à dire…

– Tu penses à quoi ?

– À rien.

Je me suis dirigée à mon tour vers le frigo pour prendre une bière malgré l'horaire plutôt matinal. Je n'ai rien appris sur une éventuelle sœur, ni sur les Lituaniens, en revanche j'ai su que le frère de maman avait déménagé à Brive.

J'ai délaissé cette conversation pour me replonger dans mon article. Scarlett s'affairait dans la salle de bains. Tout s'était bien déroulé la veille avec la nièce de Romy et ma fille était rentrée satisfaite de sa journée. Elle avait passé une partie de la soirée au téléphone avec Léo, une autre à noircir des pages de son journal et elle ne faiblissait pas sur l'ouvrage.

Cet après-midi-là, le soleil brillait sans nous sur la plage. Dans ce calme inhabituel, j'ai reçu un appel de Brigitte dont la voix, dès la première intonation, m'a paru inquiète. Elle venait d'apprendre que le mis en cause du procès de Gap était décédé des suites d'un accident de chasse. Devant la rapidité de sa phrase j'ai dû la faire répéter :

– Qui est mort de quoi ?

– Le prévenu de Gap, le chasseur, celui qui a tué la louve, je te parle de lui. Il est mort d'un accident de chasse.

– Mort comment. Par balle ?

L'accident, aussi tragique fût-il, m'apparaissait comme un retour naturel de bâton et je n'en étais pas vraiment émue. Mais je peinais à saisir son discours : « Non, Anne, tu ne comprends pas, ce qui est fou, c'est qu'il n'a pas été tué par une balle, c'est incroyable, le type a été attaqué par un loup, dans son champ. » Soudain, Brigitte a changé de ton en marmonnant que ce n'était pas une bonne idée finalement, qu'il fallait que je finisse mon article sur Palavas et qu'elle regrettait déjà de m'en avoir parlé.

– Mais pourquoi tu m'as téléphoné, alors ?

– Pour te dire de ne rien faire de cette information. Ne réponds pas aux journalistes, ils vont chercher à te joindre, c'est sûr.

Comment voulait-elle que je ne fasse rien de cette information ? J'ai évidemment raccroché et ouvert mon navigateur pour y taper les mots-clés *loup – attaque – Gap* dans l'espoir d'y voir plus clair sur notre conversation. Et j'ai trouvé. Un article publié en ligne depuis quelques heures faisait état d'un accident mortel qui avait eu lieu dans la propriété du chasseur. L'affaire était en cours mais il semblait que le tueur de louve était décédé durant la nuit à l'hôpital. Les voisins les plus proches témoignaient avoir entendu un hurlement de meute, suivi de grognements. L'homme s'était muni de sa carabine pour protéger ses bêtes et les voisins avaient entendu un coup partir vers 11 heures du soir. Mais la balle n'avait pas atteint l'animal qui s'était jeté sur lui en lui dévorant une partie du torse et du cou. Cette mort tragique confirmait la théorie sur les tirs d'effarouchement : la peur des hommes et de leurs tirs, cela s'apprend et se transmet de loup en loup. Ici, l'animal avait réagi à l'inverse de ce qu'on attendait de lui, il n'avait pas fui et s'était défendu à la hauteur de l'agression. Il n'en restait pas moins que le hasard était particulièrement bien fait, ou mal fait selon le point de vue depuis lequel on se place, et que le karma avait frappé.

Le chasseur avait été attaqué le jour où le loup était passé devant chez nous pour y laisser sa marque. En traçant sur une carte le chemin parcouru, on voyait bien que le loup avait fait un périple bien trop grand pour que ce soit le même animal. Pourtant cela ne pouvait pas être le fruit du hasard. Étaient-ils plusieurs ? S'agissait-il du même ? Je me rappelais les mots du gendarme concernant la part de sang humain retrouvée sur la poignée de la porte et dans le couloir, et si j'arrivais aussi rapidement à cette conclusion, je me doutais que je n'allais pas être la seule.

J'ai fait ce que je n'avais jamais osé faire en quarante ans, je suis allée dans la chambre de maman, doucement, bravant les interdits. En me voyant opérer, Rose m'a lancé un regard perplexe.

Maman dormait dans la pénombre de l'été, volets à demi-clos. Sa respiration rauque surprenait par son intensité, il s'agissait moins d'un ronflement qu'un râle mêlé de bourdonnements assez gras. Enfant, je détestais ce bruit, il s'accordait mal avec ce corps frêle et maternel, et j'attendais sagement son rétablissement de l'autre côté de la porte.

Ce jour-là, je me suis rapprochée d'elle pour m'asseoir au bord du lit. Elle était allongée, le front humide de sueur. J'ai tenté de la réveiller en posant une main sur la sienne.

– Maman ?

Elle ne bougeait pas. J'ai répété : « Maman ? » plusieurs fois en espérant une réaction de sa part. « C'est toi qui as vengé la louve en dévorant le chasseur, maman ? » Elle dormait comme à son habitude, en chien de fusil, et semblait plongée dans un sommeil agité. Je suis restée assise, face à elle, à l'affût du moindre mouvement. J'ai posé ma main sur son bras qu'elle a accueillie en modifiant légèrement sa respiration. Doucement, je me suis penchée vers elle pour atteindre son dos et le bas de sa colonne vertébrale. Je sentais son souffle irrégulier battre contre ma joue, elle aurait pu m'arracher la carotide en une minute si elle l'avait voulu. Je restais concentrée sur ses yeux clos pendant que je cherchais entre ses omoplates la présence d'une petite queue de loup. Il m'a semblé percevoir une excroissance, mais maman s'est retournée dans un mouvement brusque et je n'ai pas eu le temps d'aller jusqu'au bout.

– Maman, c'est toi qui as attaqué le chasseur de Gap et mangé le poney ?

Elle ne bougeait plus. J'ai mis un peu plus de conviction dans mon geste et mon bras a touché la couette qui soulevait invariablement la même odeur de fauve.

– C'est toi qui les as mangés, maman ?

Elle a ouvert un œil et s'est retournée vers moi :

– Chérie, je n'ai pas faim, je te dis.

– Le poney, le chasseur ?

– Apporte-moi un Débridat, s'il te plaît, j'ai très mal au ventre. Dans ma trousse bleue.

J'étais en train de chercher le Débridat quand quelqu'un a sonné. Entre-temps, maman avait aussi réclamé un citrate de bétaïne et du Carbolevure. Scarlett, avec son casque, n'entendait pas ce qui se passait à côté et j'espérais que Rose se lève de sa chaise pour répondre. Personne ne bougeait, la sonnette a retenti de plus belle.

Gaby Couderc attendait derrière la porte.

– Je peux vous parler quelques minutes ?

Elle avançait dans le couloir en déposant des morceaux de boue séchée sur le carrelage nacré.

Rose s'est mise debout en la voyant arriver, « encore vous ? » Elle a pris le temps de la saluer avant de se retrancher dans une autre pièce. Gaby dégageait quelque chose de sympathique, elle sentait la résine et les aiguilles de pin mélangées au mercurochrome. On lui accordait d'emblée sa confiance. Avec son regard droit, elle m'a parlé de la crotte de loup sans préambule. Elle voulait que je lui raconte ma version de l'affaire, en détail, où, quand et comment nous l'avions découverte. Elle écoutait, son index appuyé sur un écran protégé par une épaisse coque en caoutchouc tout en pointant un enregistreur vers moi. Je me suis exécutée, sagement.

Les mots échangés avec Brigitte me revenaient en mémoire. « C'est un loup qui n'a pas été séquencé, c'est pour ça que vous êtes là ? » Ce petit technolecte placé entre deux phrases prouvait que je maîtrisais également le sujet. Je voulais l'impressionner alors j'ai tenté le tout pour le tout :

– Il y a des traces de sang humain aussi, c'est bien ça ?

Elle a levé la tête de son écran, surprise.

– Comment le savez-vous ? Qui vous a prévenue ?

– C'est une amie qui m'en a parlé…

– Qui donc ? Oui c'est inhabituel, mais il est possible que l'échantillon ait été contaminé. Vous l'avez touché avec vos mains ?

– Non.

– Quelqu'un s'est blessé en le manipulant ? A saigné du nez, du genou ?

– Non. Je ne crois pas.

J'étais curieuse de savoir si elle pensait que le loup pouvait avoir digéré un bout d'humain. Une question me brûlait les lèvres : était-il envisageable que le sang retrouvé ait pu être déposé par un corps humain en pleine transformation ? Il devait bien y avoir des différences de tailles de boyaux, de viscères ou de système d'évacuation qui laissaient des traces quelque part à l'intérieur des corps, et ce devait être une des raisons qui imposaient aux garous des jours entiers de récupération, le temps pour les entrailles de revenir à leurs formes et fonctionnement initiaux. Je n'osais pas franchir ce pas frontalement dans la discussion, mais je plaçais des indices dans mes phrases en imaginant qu'elle en percevait quelques-uns. Nos échanges se limitaient à la technicité de l'affaire, à l'excrémentiel à l'état brut, et elle réussissait à mener cette conversation avec un certain tact. Et puis je me suis lancée : de quelle façon pouvait-on discerner un loup qui avait mangé un humain d'un humain qui avait mangé une bête, de la même façon, sans la cuire, avec la peau ?

– Je ne comprends pas du tout où vous voulez en venir. Non, de ce que j'en crois, c'est atypique dans la forme, mais bien typique du loup.

Je me suis tue. Mes élans de sympathie mettaient en danger le secret de maman.

Elle a pris des photos des lieux de l'événement et passé en revue celles envoyées par la première équipe. J'en ai profité pour m'assurer d'un fait :

– Le loup ne prédate pas les hommes, nous sommes d'accord ?

Elle a levé une nouvelle fois les yeux vers moi.

– Ce serait une catastrophe. Pour eux, pour nous. Cette histoire est incompréhensible... Et elle tombe mal, surtout, en pleine commission sur le statut de protection de l'espèce, c'est du pain béni pour tous les sympathisants des abatteurs des loups.

Scarlett nous a interrompues en cherchant sa recharge dans la cuisine et Gaby Couderc en a profité pour lui poser les mêmes questions dans les grandes lignes. Scarlett souriait, muette, un peu intimidée en guettant mon regard avant de répondre. Elle a raconté la matinée comme elle l'avait déjà fait au gendarme : elle n'avait rien entendu et avait tout appris une fois réveillée, ici, précisément à l'endroit où elle se trouvait. Rien d'anormal n'était arrivé, et c'est à cet instant qu'elle a fait une remarque qui n'a pas été relevée par Gaby mais qui, moi, m'a saisie. Ce fameux soir, Scarlett était entrée dans la chambre de sa grand-mère pour l'aider à retrouver sa couverture. La vétérinaire a souri à l'anecdote en évoquant, avec le visage légèrement penché, les grand-mères qui ne voyaient plus très clair passé une certaine heure. Il y a quelques mois de cela, j'aurais probablement levé les yeux au ciel en pestant contre ma mère pour lui donner raison, mais l'histoire était différente maintenant. J'avais confirmation de mon obsession : maman cherchait sa peau de loup, son double quand elle se préparait à vivre sa férocité.

– Vers quelle heure, chérie, mamie t'a appelée pour la couette ?

– En début de soirée, il faisait encore jour, je me souviens. D'ailleurs elle sent vraiment bizarre cette couette…

Gaby Couderc avait l'air déçu de nos réponses et nous a laissé sa carte avant de nous quitter, si quoi que ce soit nous revenait. Je l'ai prise en cherchant déjà un prétexte pour lui téléphoner.

Plus tard, j'ai appris que des groupes de chasseurs s'étaient rassemblés dans quelques villes, de Montpellier à Gap, en hommage à la victime. Les pancartes filmées par les télévisions régionales avaient été faites à la hâte, mais les slogans et les images brandis avec colère restaient les mêmes. *Le loup tue, on le tuera !* avec une illustration approximative d'une brebis chétive mais armée qui tirait sur un loup dessiné comme un cheval. Cette fois, le drame avait réveillé les consciences, car l'homme était *dans son bon droit*, contrairement à ce fait divers où une Parisienne s'était aventurée pour un jogging dans la zone d'un zoo interdite aux promeneurs. La mère de famille avait été attaquée par deux loups qui lui avaient déchiré le mollet, une partie d'un poumon et la gorge. Leur agressivité avait été mise sur le compte d'une vie en captivité qui avait modifié leur comportement naturel, et les médias et l'opinion publique avaient déploré en chœur l'imprudence de la joggeuse.

Là, le loup avait frappé à la porte de la maison du chasseur, il s'en était pris à son ennemi juré et l'avait dévoré. On était un cran au-dessus du poney, de la joggeuse et des centaines de brebis éventrées. En cherchant des informations sur l'événement, la discussion avec maman au sujet de ce voyage m'était revenue. Nous étions au téléphone et elle s'enquerrait de la distance entre La Grande-Motte et Gap. Je me revoie encore lui parler de Guingamp-Caen avec une approximation certaine. J'ai rappelé Gaby Couderc sur-le-champ en lui demandant le temps nécessaire à un loup pour parcourir trois cents kilomètres. Elle a répondu l'air ailleurs, elle conduisait je crois, en expliquant qu'elle était occupée, mais devant mon insistance, elle a fini par me lâcher qu'un loup moyen parcourait rarement plus de quinze kilomètres par jour, sauf pour chasser la nuit où il pouvait atteindre quarante kilomètres, en ajoutant que traqué, ce pouvait être cinquante kilomètres/heure et donc qu'il pouvait parcourir deux cents kilomètres en une nuit, mais que ces calculs avaient été faits sur la base d'une observation de sous-espèces américaines à Yellowstone, un parc naturel grand comme la Corse, où les loups étaient bien plus massifs que nos loups de trente kilos du sud de l'Europe. À ce rythme-là, selon mes calculs, il aurait fallu entre dix et vingt jours à la bête pour se rendre de la chambre de maman à la maison du chasseur, et le double pour un aller-retour. Gaby s'étonnait de ma question. « Rien, je me demandais juste… »

Je n'avais jamais vu ma mère courir, ni derrière un bus, ni lorsqu'elle était en retard. Maman avait toujours marché avec un manque d'empressement qui pouvait agacer le plus patient des promeneurs, elle était lente par essence et j'ai le souvenir de m'être fait cette promesse d'accélérer la cadence pour le restant de ma vie.

Sa lenteur ne collait pas avec les événements qui s'enchaînaient depuis le poney. Pourtant, je pressentais que ma mère et le chasseur n'étaient pas étrangers l'un à l'autre.

Scarlett est revenue vers moi dans l'après-midi, son journal intime fermé mais posé en évidence sur la table. Je feignais de ne pas le remarquer tout en supposant qu'elle voulait en parler. Elle s'est approchée alors que je regardais une vidéo d'un rassemblement d'exploitants agricoles contre le loup. Elle a posté son visage rond et roux pile en face du mien.

– Pourquoi tu laisses tomber Françoise ?

Je suis sur la scène de l'Opéra de Paris, au milieu du second acte d'un ballet classique, je crois que c'est Giselle. *Autour de moi tournoient les Wilis, ces fantômes de jeunes femmes mortes d'amour qui se vengent la nuit en entraînant leurs bourreaux dans une danse effrénée jusqu'à l'agonie.*

Elles s'approchent en sautillant sur la pointe de leurs chaussons. La scène est aérienne, malgré tout, leurs pas résonnent contre le bois comme un bataillon de rangers. L'une d'elles pose son bras sur le mien avec la délicatesse d'une danseuse étoile. Elle me dit que les Dames blanches sont des Giselle, « Giselle sauve Albrecht contre notre volonté ». Elle tournoie tout autour de moi.

Une autre Wilis s'approche et murmure : « Je peux peser jusqu'à quatre-vingts kilos… »

Je sais qu'elles ont un secret à me dire. Elles me parlent.

« Nous ne sommes pas seules », j'écoute leur secret et tout s'éclaire.

Je me réveille.

Je ne me souviens plus.

En scrutant à la loupe le carnet de Vassili, j'ai compris que les femmes garoues n'avaient rien à envier aux hommes. Elles étaient ni plus ni moins soumises à la nuit, à la transformation, à la malédiction sur sept ans. Pour autant, fallait-il aider maman à se sortir de sa lycanthropie ? Était-ce sa lycanthropie qui l'avait mise en retrait du monde, ou était-ce ce retrait, la cause principale de sa lycanthropie ? Les femmes garoues étaient-elles plus enclines à la dépression que les hommes ? Je cherchais le fondement de la malédiction qui s'était emparée de ma mère, et avec lui, d'une partie de moi.

Vassili m'avait donné une liste de choses à tenter si je décidais un jour de conjurer le sort. Il était conseillé de piquer l'ombre du garou animal avec un objet pointu par exemple, le mieux étant une épée ou un pic en fer, en fonte ou en acier. En revanche, face au corps endormi d'un humain dédoublé, la consigne était de ne surtout pas le bouger si on voulait que l'esprit retrouve sans encombre le chemin de son double physique. Cette donnée-là m'était familière puisque j'avais toujours eu interdiction de réveiller maman. Vassili m'avait également appris qu'un remède à la lycanthropie existait, le Lycanthropyl, une sorte d'antidote sous forme de sérum par injection, de fabrication allemande, et dont l'efficacité avait été prouvée d'après ses dires.

J'ai pris en note le nom du médicament en continuant ma lecture. Avec le temps, je commençais à en maîtriser le contenu et je savais à peu près me repérer dans les chapitres. À quelques endroits, les légendes opéraient une différenciation genrée sans équivoque que Vassili avait anticipée et soulignée en vert.

Un tiers des accusés recensés en varouisme étaient des femmes assimilées à des sorcières, parce que les sorcières, les vampires, les guérisseuses ou les garoues avaient souvent été confondues. La sanction concernait surtout les veuves, les épouses ou les filandières exécutées sans distinction. En regardant de plus près la définition de filandière, j'étais tombée sur ça : *femme dont le métier est de filer*, et si son intention avait été de filer en douce, la filandière avait malheureusement été rattrapée par la morale, à l'image d'une certaine Veronika, jeune femme au tempérament indépendant qui avait eu l'infortune de vivre en moyenne Allemagne au Moyen Âge et à qui on avait tranché la tête avant de la condamner au bûcher pour être sûr qu'elle n'en revienne pas et serve d'exemple. Telle Veronika, celles qui osaient sortir la nuit en cachette et braver les interdits étaient considérées comme des garoues, et leurs maris pouvaient les abattre à coup de fusil ou de fourche au petit jour avec un motif tout trouvé. Une légende roumaine racontait à ce propos la malédiction d'un fermier qui avait tué sa femme sous prétexte qu'elle était garoue. On l'avait retrouvée morte au petit matin, et le mari, comme tous les autres, n'avait pas été inquiété. Les jours qui avaient suivi l'assassinat, un loup, puis une meute entière s'était mise à harceler l'homme qui ne pouvait plus élever son bétail tranquillement. Les loups vengeurs et justiciers étaient venus tous les soirs dévorer son troupeau, jusqu'à la dernière tête. Pour certains, c'était la preuve qu'elle était effectivement garoue, et qu'il avait bien fait de lui faire la peau.

– Maman, pourquoi tu laisses tomber Françoise ?

Scarlett ne lâchait rien. Elle était devant moi, les pieds nus sur le carrelage, vêtue de ma chemise en gaze de coton bleu qui lui allait si bien. Son visage était fermé, je crois qu'elle était un peu en colère. « Tu laisses tomber Romy aussi. » Je la regardais, encore embuée de mes raisonnements, quand une notification de mail s'est affichée sur mon téléphone. Vassili voulait me parler d'une légende arménienne qu'il venait de lire. Là-bas, on racontait l'histoire d'un homme qui avait croisé un loup et décidé de le suivre, convaincu qu'il s'agissait de sa femme transformée en garoue. Il l'avait traqué jusqu'à une grotte, où il avait découvert des traces de sang au sol et une peau de loup cachée sous une pierre. Persuadé d'avoir affaire au Malin, l'homme avait allumé un feu pour se protéger en cas d'affrontement avec lui ou Satan. N'ayant plus rien à brûler, il s'était finalement rabattu sur la peau de loup qu'il avait fini par jeter dans les flammes. Une femme hurlante avait surgi du brasier. Son corps se consumait en même temps que la peau de loup se réduisait en cendres. Vassili me passait un message : ne pas mettre le feu à la peau de loup, ou je risquais de voir ma mère partir en fumée.

La voix de Scarlett s'est faite plus ferme.

– Maman ?

J'avais oublié que la chair de ma chair me parlait et j'ai eu besoin de quelques secondes pour retrouver l'objet de sa question. Je tentais de revenir vers notre conversation en la rassurant, prétextant que j'avais assez d'éléments pour rédiger un article tout à fait valable.

– Tu n'écris rien. Je te connais, quand tu écris, le monde peut s'écrouler et t'en as rien à faire.

Je n'avais pas réalisé qu'elle me regardait, prise par ces histoires de peaux et de feu.

– Bien sûr que j'écris, je sais ce que je fais, ne t'inquiète pas.

Ma réponse manquait de conviction mais elle touchait quelque chose.

– Je parle souvent avec Romy, tu sais.

– Avec Romy ?

– Oui, et avec Léo aussi.

Je lâchais l'Arménie et le reste pour être plus disponible. Scarlett aimait bien Léo. La rapidité de leur entente m'avait surprise, elles-mêmes je crois ne s'y attendaient pas.

– Tu veux que je vous dépose à la plage ? Tu la rejoins ?

– Tu m'écoutes ?

J'avais la sensation désagréable d'être à côté de la plaque, ce qui me poussait à éluder ses questions. J'évitais Romy aussi, parce que je savais ce qu'elle attendait de moi – je lui avais promis une attention que je reportais ailleurs ces derniers temps. Mon intérêt pour l'affaire de Palavas s'amenuisait et Scarlett avait été la première à s'en rendre compte. Elle avait raison, je délaissais Françoise, Romy et les autres. Mon papier sur la Dame blanche de Palavas aurait sans doute une direction plus attendue que je l'avais laissé entendre. Il n'y aurait probablement pas de photo de spectre ni d'interview exclusive des protagonistes quarante ans après. J'allais au plus simple, une énième recension des faits, avec les deux ou trois choses que j'avais glanées en plus, et connaissant Brigitte, je savais que ça passerait.

C'était compter sans ma fille. Scarlett avait embarqué sa nouvelle amie et toutes les deux s'étaient donné pour mission de retrouver Françoise. Scarlett n'avait pas mis longtemps à fouiller les pistes laissées en ligne, et Léo avait simplement ouvert un par un les tiroirs de la maison de sa tante. À elles deux, elles avaient réussi à remonter le fil du petit copain de Romy à l'époque, le fameux Titi, et d'un Didier aussi. Elles avaient contacté les deux avec beaucoup d'insistance. Du Titi elles sont remontées à une certaine Cat, et Cat avait mentionné un nom rapidement trouvé sur Copains d'Avant, un site où dorment les données d'une génération entière de soixantenaires. Elles s'étaient inscrites sous un faux nom et avaient infiltré les groupes d'amis de tous les lycées de Montpellier en 1981.

– C'était pourtant simple, je ne comprends pas pourquoi tu ne l'as pas fait…

– Je crois que je voulais la laisser tranquille.

Scarlett ne semblait pas mesurer le coût d'une exposition médiatique aujourd'hui qui m'apparaissait bien plus violente que ce qu'ils avaient pu vivre dans les années quatre-vingt, si bien que j'ai entrepris de lui expliquer à quel point les gens se comportaient comme des brutes à la moindre virgule, raison pour laquelle je ne souhaitais ni exposer Françoise, ni montrer sa photo, ni provoquer quoi que ce soit qui puisse réactiver de mauvais souvenirs. J'expliquais ma démarche mais Scarlett m'écoutait à peine, elle savait que je n'étais pas à ce que je disais, elle me coupait:

« Demande-lui au lieu de parler à sa place ! Parce que moi je lui ai parlé, et elle veut bien nous rencontrer avec Léo... »

J'étais impressionnée par son audace. Elle avait réussi à débusquer Françoise, chose que je n'avais pas osé faire, mais cela ne semblait pas lui suffire. Tout ça n'était qu'un début, Scarlett me regardait droit dans les yeux, elle n'en avait pas fini avec moi.

– C'est extraordinaire, tu as trouvé Françoise ?

– Oui, mais on en parlera après. Qu'est-ce qu'il se passe avec mamie ?

Elle jetait un œil sur les papiers que j'avais laissés sur la table et comme à son habitude elle a ouvert mes cahiers de notes. La page sur le Lycanthropyl et les quelques mots soulignés ont attiré son attention. « C'est pour quoi faire ? »

Pourquoi était-il si difficile d'opérer verbalement cette bascule alors que tout le monde semblait croire à tout et surtout n'importe quoi en silence ?

Était-ce le même mensonge que : « J'ai dû me tromper quand j'ai donné mon numéro à ton père cette nuit-là », « La terre est plate », « Les pyramides produisaient de l'électricité » et « Tu t'appelles Scarlett comme dans les films, mais ce n'est pas un film et tu existes vraiment. » La vérité est un lieu vide qu'on remplit comme on peut, avec les moyens du bord, et dans lequel on se sent seule, parfois.

Dans cette nouvelle version de notre vie et de sa filiation, sa grand-mère n'était pas en dépression tel qu'on le pensait. Il fallait accepter sa part d'ombre et il fallait accepter que les loups puissent être garous. Chérie, comment te dire que mamie est un loup-garou, comment te dire qu'elle a un double, qu'elle se transforme toutes les sept nuits mais je ne suis pas sûre de ce chiffre-là, et qu'elle peut parcourir des distances invraisemblables pour dévorer ce qu'elle veut sur son passage. Je sais, c'est dur à avaler, mais ne t'inquiète pas, mamie ne s'attaque qu'aux affreux. Je crois qu'elle a mangé le tueur de louve et qu'elle ne se le rappelle pas, et qu'il y a parfois des dommages collatéraux, des poneys par exemple, il faut la comprendre, c'est pour ça qu'elle dort, beaucoup, depuis longtemps, et qu'elle est en retrait de peur d'avoir à affronter le monde pour de vrai et de tous les bouffer, parce qu'elle pourrait le faire, elle a de la ressource. Je pense que mamie garde toute son énergie pour son double. Là où elle est bien, là où elle est forte, et qu'il ne lui reste plus rien pour son corps de femme. Je ferais la même chose à sa place. Je les boufferais tous si j'avais les dents taillées pour, je me ferais justice, à moi et aux autres et il y a tellement à accomplir que j'aurais besoin de temps pour m'en remettre, comme elle. Et au bout d'un moment, par lassitude ou provocation, je laisserais les traces de mes crocs et même un peu de merde devant les portes pour faire peur. Et après je dormirais en espérant me réparer. Je viens de comprendre chérie, mamie n'est pas celle que l'on croit.

Je ne me souviens plus de ce que je lui ai dit, ni comment ou dans quel ordre, je me souviens d'une logorrhée pas très habile. Avais-je été suffisamment claire pour qu'elle ne s'arrête pas à la seule métaphore. Je n'en savais rien. Scarlett me regardait en silence, elle n'avait pas fui devant mes mots, ni levé les yeux au ciel comme elle en avait l'habitude, elle m'a écoutée si calmement que j'ai fini par douter de lui avoir parlé.

Elle a hoché la tête en refermant la page du Lycanthropyl.

Ce matin-là, je me suis réveillée avec la certitude d'un conflit entre Dames blanches et femmes garoues. Ce n'était pas une invention de ma part. Dans les légendes aussi, en Irlande ou en Pologne, les avis étaient partagés. Il y avait celles qui acceptaient leur destin tragique, qui pardonnaient à leurs bourreaux et perpétuaient leur race – « Attention, ce virage est dangereux ! » – et celles qui les envoyaient dans le décor, les épuisaient par la danse ou les dévoraient comme un poney. J'apprenais de mes rêves, et me suis souvenue de ce qu'une Wilis m'avait glissé dans l'un d'eux.

Il était encore tôt et Scarlett virevoltait près de moi avec la ferme intention de me réveiller. Elle avait rendez-vous avec Léo à la gare de Montpellier et avait besoin de soixante euros pour la journée.

– Comment ça ? Soixante euros pour quoi faire ?

– Pour le train, l'aller-retour. On va à Lyon avec Léo.

J'ai objecté qu'elle n'irait pas à Lyon sur un coup de tête, sans me dire où elle comptait se rendre et pourquoi.

– Romy est d'accord pour laisser Léo partir avec toi ?

– Bien sûr, y a que toi pour flipper comme ça.

Je me suis levée du canapé-lit pour me préparer.

– Tu as rendez-vous avec Françoise ?

– Oui.

Scarlett m'a offert un grand sourire qui m'en disait beaucoup sur son envie d'y aller. Sans aucune mention de notre discussion de la veille, elle s'affairait dans la cuisine à la recherche des céréales. Je me suis approchée pour la rejoindre et une fois attablées l'une en face de l'autre, on a entendu des petits pas se diriger vers nous. J'ai reconnu les glissements des chaussons de Rose sur le carrelage.

– Qui part à Lyon ?

– C'est moi ! a dit Scarlett d'un ton enjoué. Je vais voir Françoise.

Rose regardait la table à la recherche du sucre.

– Tu t'es fait doubler par ta fille, toi !

Je ne savais pas comment prendre sa remarque.

– Comment ça ?

Il n'y avait pas de compétition dans cette affaire. Maintenant que je m'en étais ouverte à Scarlett, j'ai laissé sous-entendre que ces derniers temps avaient été assez déstabilisants, et que j'avais l'esprit ailleurs. Rose a répondu par un hochement de tête : « Ah oui, je te l'accorde. » J'ai regardé Scarlett. Elle était concentrée, une journée importante l'attendait.

– Tu ferais une très bonne journaliste, tu sais.

Scarlett a laissé échapper un rire qui venait de loin.

– Peut-être, mais je veux pas être journaliste, moi !

J'ai souri à mon tour.

On est parties dans la matinée, Rose est restée avec maman qui venait prendre des forces pour le petit déjeuner. On s'est croisées rapidement, comme à notre habitude. Je pense avoir été un peu plus gentille avec elle, en l'embrassant pour lui dire bonjour notamment, mais elle m'a vite agacée en me faisant, une fois n'est pas coutume, un résumé noir de sa nuit.

À Montpellier, j'ai retrouvé Romy et on a bu un verre à côté de la gare pendant que nos deux ados montaient dans le train. Romy n'avait pas l'air surprise de la tournure des événements, et mon appréhension a rapidement été balayée par sa façon de me prendre le bras. J'ai senti sa main chaude sur mon poignet. Elle m'a rassurée : « Cette histoire intéresse bien plus les ados que les adultes, et je sais que Françoise aurait refusé de vous parler, à vous, et à votre journal. Elle déteste tout ça ! »

J'ai déduit de sa remarque qu'elle avait été en contact avec Françoise depuis le début. Elle n'en avait rien dit parce qu'elle avait l'habitude de gérer les curieux et que cette façon de faire écran était sa manière à elle de la protéger. « Les filles vont adorer la rencontrer, ne vous inquiétez de rien. » Lorsque je l'ai questionnée sur Françoise, elle m'a simplement répondu qu'elle travaillait dans un atelier et qu'elle fabriquait des bougies qu'elle vendait sur les marchés. Je n'ai pas su le nom de l'atelier et j'ai supposé que l'histoire des bougies était un moyen de détourner l'attention. « Quand Scarlett apprendra que Françoise ne voulait pas vous parler elle comprendra, elle sera moins dure avec vous, vous verrez. »

– C'est vous qui avez laissé son numéro en évidence ?

– Bien sûr, je leur ai préparé un jeu de piste, avec quelques étapes, et je me doutais bien qu'elles allaient y arriver !

Scarlett resterait dormir chez Romy le soir même. Avant qu'on ne se quitte, Romy m'a arrêtée pour me confesser droit dans les yeux : « Oui, elle a bien vu la Dame blanche, Françoise a dit la vérité depuis le début. »

Je suis retournée à La Grande-Motte, j'étais soulagée pour Scarlett en pressentant que quelque chose allait s'opérer en elle, sans moi, qu'il était temps, et que tout le monde y trouverait bientôt son compte.

Rose était sur la terrasse avec maman qui semblait un peu bougon. Elle fumait, un verre à la main, tandis que ma mère gardait cette attitude vaporeuse, le regard dans le vague. La porte vitrée grande ouverte laissait passer une odeur de tabac dès l'entrée. Je les ai entendues parler, Rose posait son verre devant elle et répétait : « Ne t'inquiète pas, ce n'est rien. » Maman protestait dans sa barbe et Rose lui répondait. Je suis arrivée à leur hauteur, « ce n'est rien quoi ? »

« Ah enfin tu es là ! Tu n'as pas vu mes appels en absence ? » sa voix semblait tendue. J'ai sorti mon portable de ma poche. « Désolée, il était sur silencieux. » Maman était assise sur un tabouret, les deux mains posées à plat sur ses jambes.

– Je n'ai pas pu partir me promener à cause de ce type.

– Quel type ?

– Le type, celui qui était là avec la fille, l'autre jour.

– Je ne comprends rien, quel autre type ? Le gendarme ?

J'ai regardé Rose pour qu'elle m'explique, mais maman continuait :

– Mais enfin… Oui, le gendarme… Il est revenu avec un autre type et il a posé des questions. C'est fatiguant…

Maman faisait référence à l'homme qui accompagnait Gaby Couderc quand la crotte avait été découverte devant notre porte.

Rose marmonnait en contemplant la fumée de sa cigarette.

– Tu penses bien qu'on n'a rien dit.

J'imaginais la scène avec maman et Rose au milieu d'un interrogatoire. Elles ont dû dérouter les gendarmes comme elles déroutaient quiconque leur adressait la parole plus de cinq minutes.

Je craignais que l'histoire du chasseur ne revienne jusqu'à nous et j'ai appelé Gaby en espérant qu'elle m'en dise un peu plus. J'avais vu juste, elle confirmait à demi-mots que le sang retrouvé devant notre porte était le sien. Elle avait été prévenue lorsque les résultats des analyses étaient tombés. Le fichier des empreintes génétiques avait bipé pour faire état d'une correspondance entre les deux échantillons de sang. Gaby restait prudente, « un loup ne peut pas parcourir autant de kilomètres en si peu de temps », et moi je regardais maman sur son tabouret en me disant qu'un simple loup ne le pouvait pas, mais qu'un garou, lui, le pouvait certainement. Je l'imaginais courir plus vite qu'un TGV lancé à vive allure. Gaby avait une théorie et suspectait qu'une autre personne, un complice sûrement, avait dû abattre le chasseur et le loup pour élaborer par la suite cette mise en scène macabre constituée d'excréments et de sang. « Mais pourquoi à cet endroit, à des kilomètres du lieu de l'attaque, vraiment ça m'échappe. »

J'ai raccroché avant d'en dire plus, je me connaissais, quand j'étais en confiance, j'avais tendance à me livrer un peu trop, sans aucune réserve, tout en le regrettant amèrement une fois la conversation terminée.

Je suis revenue dans le salon pour m'asseoir devant maman. L'heure était grave, je craignais que la plupart des gens ne réagissent à son état aussi cruellement que tous les villageois recensés dans le carnet de Vassili. Les légendes, les histoires qui font peur et celles qui envahissent nos imaginaires sont là pour sonder l'enfer et nous vendre une morale qui ne penchera jamais en notre faveur. Qu'elles se déroulent au Moyen Âge ou aujourd'hui, rien n'y changeait, ce sont toujours les mêmes qui s'en sortent, et il n'y avait qu'à regarder autour de nous pour comprendre qu'il n'y aurait pas d'exception. L'étau se resserrait. La dernière page que j'avais lue la veille me revenait en tête. Il était question d'une femme qui vivait à Heiligenlinde, en Prusse-Orientale, au siècle précédent. Elle restait à l'écart et ses journées s'écoulaient sans encombre. Elle s'occupait de son potager, vendait ses légumes et ses velléités d'indépendance faisaient jaser le voisinage. Un jour, un loup s'était attaqué à un enfant et le gamin avait été sauvé in extremis par les villageois qui avaient piqué l'animal d'un coup de faux dans le dos. Blessé à mort, le loup s'était enfui dans la forêt. Quelque temps plus tard, le corps nu de la femme avait été retrouvé à l'endroit même où la bête avait disparu. Elle portait la marque de la faux sur son corps, dans le dos, mais ce n'était pas tout, elle avait aussi une petite queue de loup qui justifiait publiquement sa mise à mort. Le diable avait été vaincu et le village avait pu reprendre une vie normale. J'ai immédiatement pris peur et pensé à maman. Si quelqu'un découvrait malencontreusement l'origine du meurtre, elle subirait sans autre forme de procès le même sort que cette femme.

Il fallait que je m'assure que la queue de loup de maman restait invisible aux autres. Lorsque j'étais allée dans sa chambre, elle s'était brusquement retournée et je n'avais pas eu le temps de vérifier si elle avait les attributs physiques du garou. Était-ce par un excès de pudeur, je n'avais quasiment jamais vu son corps, seulement ses mains, ses pieds parfois et une partie de son cou quand il ne faisait pas froid. Il se pouvait bien qu'une petite queue de loup se soit nichée quelque part, entre ses omoplates ou un peu plus bas.

Je me suis avancée doucement vers elle pour lui passer la main dans le dos, mais elle s'est rapidement dégagée d'un mouvement d'épaule au contact de ma peau. « Non non… arrête. J'ai très mal. » L'approche était maladroite et ne ressemblait en rien à nos habitudes. « Qu'est-ce qui te prend ? » Elle m'a regardée, agacée, et s'est précipitée dans le grand fauteuil du salon pour échapper à ce subit élan de ma part, « tu sais très bien que j'ai horreur qu'on me touche ».

Rose observait la scène, un sourire en coin. J'ai levé la tête vers elle en lui lançant un « Quoi ? » un peu nerveux. Elle a attrapé son verre et l'a vidé sur-le-champ avant de s'en resservir un autre.

– Tu me fais rire.

Puisqu'elle était impossible à toucher, j'en ai profité pour lui poser deux ou trois questions relatives à mes origines et aux siennes. Je lui ai parlé de Lituanie, d'Irlande, de Pologne, d'Allemagne et de tous les pays dont je me souvenais avoir lu les légendes. Maman avait une vue partielle de son ascendance, elle avait tenté un arbre généalogique par le passé, mais ne découvrait que des Blanche, des Jeanne ou des Marie, toutes blanchisseuses et sans époux et situées entre les Landes, le Béarn et le Pays basque, c'était précis et circonscrit. « Et quand j'en trouvais un, c'était toujours un Jean, chiffonnier de son état. Toujours des Jean… »

J'imaginais que le Jean qui signait bravement son nom auprès de mon aïeule n'était pas un salaud, parce que au moins il assumait sa descendance, et, qu'au cours de ses pérégrinations, il avait pu rapporter une peau d'ours ou de loup, un onguent, une ceinture ou une fable, et j'ai depuis une sympathie que je soupçonne héréditaire pour la récupération, le recyclage et le métier de chiffonnier. De cette affirmation, j'ai émis l'hypothèse que six générations de filles mères blanchisseuses pouvaient très bien faire écho aux lavandières et générer un varousime aussi valable que les autres. Restait la question de notre présence en Bretagne, qui me semblait être la résultante d'une simple opportunité professionnelle. Et je me suis souvenue de la photo de mes parents sur la plage.

Je suis dans une grande salle que je ne connais pas, une sorte de complexe artistique et sportif. Je veux prendre une douche mais une amie d'enfance me dit d'aller ailleurs pour me laver. Je cherche un endroit mais il n'y a que des salles de douche collectives et ça ne me plaît pas. Ça sent mauvais. J'hume l'air autour de moi et me rends compte que l'odeur de couverture de maman me colle à la peau. Je réussis à prendre une douche mais je ne trouve plus la sortie. Je marche, ouvre des portes, me retrouve dans différents espaces comme des salles de spectacle, des salles de cours, des salles d'attente. J'ai peur d'être enfermée. Je monte et descends beaucoup d'escaliers.

Ça sent mauvais partout.

Je me réveille.

Il faut partir.

Mon rêve était un avertissement. Il fallait quitter les lieux et ramener maman chez elle, loin de l'enquête qui se tramait autour de la mort du chasseur. Palavas était en émoi, La Grande-Motte aussi et l'inquiétude grondait jusqu'à Montpellier.

La rumeur enflait avec les bribes d'informations qui fuitaient autour de l'affaire. Les curieux, qui jusqu'alors voyaient des Dames blanches à tout bout de champ au bord des routes, les avaient subitement délaissées pour mitrailler le moindre chien errant. Les pauvres bêtes un peu trop grandes, un peu trop poilues ou celles aperçues d'un peu trop loin passaient toutes un sale moment et finissaient en vidéo sur les réseaux *#Loup*, avec un immanquable « les gars regardez ce que je viens de croiser ! » en commentaires audio. La gendarmerie croulait sous les appels, la SPA s'alarmait, les amis des chiens des rues aussi, et la presse surfait sur cette histoire qui faisait peur aux vacanciers. Sous la pression des juilletistes préoccupés, une délégation intercamping s'était créée et la municipalité avait embauché une dizaine de gars en urgence, non formés mais bien assis dans des voitures équipées de phares surpuissants pour assurer des rondes nocturnes et veiller sur les alignements des tentes estivales, ces nouvelles proies de plein air.

Face à cette vague d'inquiétude qui s'emparait de la région, je craignais que ma mère ne se fasse repérer par des citoyens zélés en quête d'aventure. Leur peur alimentait la mienne, et mes lectures répétées du carnet de Vassili encourageaient mon imagination à y apposer le visage de maman partout, je la voyais s'incarner dans toutes les légendes, poursuivie par des troupes armées de fourches ou de fusils, et échapper au danger dans sa peau de loup, ou flotter tout en blanc pour faire diversion. Mon rêve m'avait indiqué que tout cela *sentait mauvais*, et j'ai décidé de suivre mon instinct pour une fois. Il fallait filer, comme nos aïeules les filandières.

J'ai rassemblé mes affaires en demandant aux filles de faire de même. J'oscillais entre la raison et la crainte que tout ne soit vrai, la lignée de femmes racontées par les légendes garoues, l'agitation ambiante et grandissante, l'enquête, mais le doute subsistait toujours un peu. Étais-je moi aussi en train de perdre la tête ?

– Tu as fini ton histoire, on part déjà ?

Maman voulait rester. Elle disait n'avoir rien vu des vacances et malgré la chaleur écrasante du Sud n'avoir aucune envie de rentrer chez elle, parce qu'elle s'y sentait seule, surtout, ajoutait-elle, que je ne venais jamais lui rendre visite. Elle amorçait doucement la liste de ses reproches, « je te verrai dans un an… au mieux ? » Je l'écoutais en pliant mes affaires, faisant mine d'ignorer sa complainte. Sa voix était de plus en plus lointaine, « je n'ai pas le courage de faire ma valise », « j'ai la tête qui tourne », quelque chose différait de ses récriminations habituelles, je percevais comme un défaut de prononciation. Soudain elle s'est immobilisée, ses yeux sont devenus rouges et elle s'est mise à claquer des dents. Elle présentait tous les signes avant-coureurs d'un malaise, elle flanchait souvent de cette manière quand elle était contrariée. Je me souvenais de toutes ces fois où j'avais dû la porter, lui dire de s'allonger ou la couvrir d'un plaid parce qu'elle frissonnait. Rose ne semblait pas inquiète à ce moment-là, elle ramassait sans se presser ses produits dans la salle de bains. Mais les claquements de dents de maman se sont accélérés. Et j'ai su.

J'ai appelé Rose si fort qu'elle a surgi en courant. Maman n'avait pas le teint blanc comme lorsqu'elle était malade, elle n'avait pas le tremblement fébrile d'un accès de fièvre, maman grelotait bruyamment, c'en était presque terrifiant. Rose a fait un pas en arrière, inquiète. Elle balbutiait : « Je comprends pas, c'est pas la nuit pourtant, ça ne lui arrive jamais en plein jour ! »

Rose répétait « Non non non », la main sur la bouche. « Non quoi ? Rose ? » j'ai demandé en criant. Elle jurait sans me répondre. Maman ne se sentait pas bien, elle avait chaud et grattait son visage si vigoureusement qu'elle y laissait des traces rouge sang. Ses doigts s'arquaient, lentement, comme paralysés, et le simple fait de respirer semblait être un effort considérable.

Rose restait immobile, les poings fermés. J'espérais qu'elle soit en train de réfléchir. « Alors », elle disait, « alors… donne-moi un verre pour retrouver ma tête ».

– Tu veux de l'eau ?

Elle m'a regardée, perplexe, « trouve-moi autre chose ».

J'étais prête à lui verser tout ce qu'elle voulait pour qu'elle m'explique quoi faire. Il ne restait plus de whiskey, plus de vin, Rose avait tout liquidé la veille. « Il n'y a plus rien ! » j'ai crié du fond de la cuisine. Rose m'a répondu : « Dans la chambre, le sac en toile. » Elle amorçait une crise de manque et maman un malaise inconnu. J'ai couru pour récupérer la fiole de vodka de supermarché sous plastique. Je l'ai débouchée tout en retournant auprès d'elle. « Tiens », j'ai tendu son breuvage à Rose qui n'a pas mesuré sa soif.

Maman devait sentir le danger rôder autour de nous depuis quelques heures, et son état traduisait un mécanisme de défense atavique, impossible à contrôler. J'ai eu l'idée de la mettre au soleil – les mots de Vassili me revenaient, cette soi-disant parenté qui nous liait. Moi le loup et lui le vampire. Si les vampires n'aimaient pas la lumière du jour et que les loups se dédoublaient la nuit, j'en déduisais que le soleil méditerranéen avait probablement une action bénéfique sur les processus inexpliqués. Je priais pour qu'elle ne s'évapore pas en repensant à ces films où les créatures de la nuit se dissipent à la moindre exposition. Je ne voulais pas brûler maman, j'espérais juste une amélioration.

– Non, je ne crois pas, elle n'a jamais craint la lumière du jour.

On a soulevé maman par la taille, nos bras sous ses épaules, on l'a portée jusqu'à la terrasse où on l'a allongée par terre en plaçant un oreiller sous sa tête. Dans le mouvement, j'ai pu remonter ma main le long de son dos, et j'ai senti naître, à un endroit particulier entre ses deux omoplates, une légère excroissance. Elle se développait dans le creux de ma paume.

« Elle risque un coup de soleil monstrueux si on la laisse en plein cagnard » – Rose s'inquiétait de la peau de son amie.

On est restées plusieurs minutes debout à la regarder, à scruter sa respiration et à évaluer ses tremblements. On comptait les inspirations, les gestes, les râles. La chaleur semblait faire effet et son épiderme reprenait une couleur rosée.

On s'est installées avec Rose sur des tabourets à deux mètres de maman. J'ai sorti du tabac et on a roulé une cigarette en finissant la vodka à tour de rôle.

– Scarlett rentre bientôt ?

– Elle m'envoie un message quand elle part.

Le silence s'est imposé quelques minutes. Rose tirait sur sa cigarette éteinte. Puis elle s'est levée pour passer un peu d'eau sur le visage de son amie.

– Ça lui arrive de plus en plus souvent. Elle ne contrôle plus rien.

Enfin, Rose s'ouvrait sur le sujet.

– Mais, ça a commencé quand ?

Ses cheveux lui collaient au crâne à cause de la chaleur.

– De ce que j'en sais, avec ton père, je crois. Tu ne te rappelles pas ? Tu ne te souviens de rien ?

Non, je ne me souvenais de rien.

– Tu veux dire que mon père aussi ?

Rose a souri. « Non, pas du tout. Ton père était comme les autres, enfin... » Elle est revenue s'asseoir près de moi en posant une main sur mon genou. « Mais tu n'as aucune idée de ce qu'il s'est passé avec ton père, vraiment ? » Devant mon incrédulité, Rose m'a mise sur la voie. Elle m'a soufflé : « Ta côte, tu ne te rappelles pas de ta côte ? »

Je suis restée mutique un instant. Ma côte ? Non. Je crois que j'ai fermé les yeux pour retrouver des souvenirs liés à mon père

– ou à une côte. J'avais tout oublié. À part l'histoire du coffre en bois, je n'avais pas tellement d'autres images de lui. Alors j'ai cherché. J'ai redécouvert des moments – courts –, des bouts de trajets en voiture, à l'arrière, avec le paysage qui défile et le sentiment d'aller chez quelqu'un que je connaissais peu et qui m'intimidait. De mon siège, je ne voyais que son épaule droite et le contour de sa joue. Je me suis souvenue d'une route et d'une façade, vaguement, et de cerisiers japonais. Je me suis souvenue d'une cuisine, à droite, d'un salon, marron, à gauche, et d'une salle de bains.

J'avais environ sept ans et j'étais sous la douche dans cette salle de bains carrelée de blanc. C'était un dimanche. Il y avait de la buée parce que je faisais couler l'eau chaude pour réchauffer la pièce. Je me savonnais en fredonnant une musique qui passait sur la petite radio posée à côté du lavabo. Je n'ai pas entendu mon père derrière la porte. Il est entré, j'étais encore sous la douche, il a crié, je prenais trop d'eau je crois, il était en colère, j'ai oublié pourquoi, alors il a frappé ma tête, mon dos, mon bras, ma cuisse, je ne comprenais pas, il disait : « Tu te fous de moi. » Je me rappelais sa main sur ma peau mouillée, manquer sa cible, et recommencer. Je me souviens de m'être accroupie dans la baignoire, les bras croisés au-dessus du sommet du crâne, pour protéger ma tête et mon visage, il m'a eue sur le côté. Je n'ai plus rien entendu. Et puis j'ai glissé. Il est reparti en claquant la porte derrière lui. Je n'ai pas pleuré, je n'étais pas surprise, j'étais restée trop longtemps sous la douche et il fallait que je me mette en pyjama. Je ne lui ai pas montré que j'avais mal, ni saigné du nez.

En avais-je parlé à ma mère ? Avait-elle deviné en voyant ma tête ? Avais-je laissé échapper des larmes dans ses bras ? Je ne me le rappelais plus. J'ai le souvenir d'avoir eu des difficultés à respirer profondément pendant des semaines et de dormir sur le côté gauche.

– Oui, je me souviens de la côte.

Rose m'a raconté la suite. Maman avait su. L'avait-elle vécu, avec lui, avec d'autres ? Je l'ignore, mais elle était allée chercher la peau de loup bien cachée dans l'armoire et s'en était vêtue le soir même. Ce n'était pas la première fois qu'elle l'utilisait, mais ses tentatives de doubles avaient été timides jusque-là, elle n'osait pas franchir le pas à cause de sa peur des effets secondaires et celle, surtout, de perdre le contrôle d'elle-même. Ce soir-là, elle avait couru dans la nuit, battu la campagne et profité de cette puissance inattendue pour libérer ce qu'elle avait contenu depuis trop longtemps – Rose semblait se remémorer cet épisode avec bonheur, ses yeux brillaient, je la voyais pour la première fois investir notre échange. Ma mère avait pris l'apparence du garou avec une intention particulière, elle voulait un affrontement d'égal à égal, direct, frontal et sans sommation. Mais elle s'était laissé dépasser par sa force. Elle a mordu mon père aussitôt qu'il a ouvert la porte. Elle lui a déchiqueté les doigts d'un coup de mâchoire, avant de s'attaquer à sa gorge. Il avait dû lui faire beaucoup de mal. Elle l'a mangé, en entier, je crois, parce que maman gardait en elle la conscience de devoir supprimer le corps et s'inquiétait des conséquences, preuve que ce n'était pas seulement bestial. Maman avait tout englouti malgré les kilos de viande à avaler. Les loups ne mangent pas au-delà de leurs besoins, ils partagent, laissent aux autres ou enterrent pour les mauvais jours. Ma mère avait régurgité dans les buissons environnants, en mêlant le sang à la terre pour mieux camoufler. La nuit durant, elle avait ingéré et régurgité en allers-retours incessants, puis elle avait digéré le reste, épuisée, pour le dissoudre une fois pour toutes.

Rose venait d'emménager en face de chez nous et avait bien aperçu un animal s'affairer autour de la maison. Il était tard, elle buvait un dernier verre dans sa cuisine, assise devant la fenêtre. Ce gros chien lui paraissait étrange, il entrait et sortait, évitait les voisins sans faire de bruit et se comportait comme un voleur en repérage. À son troisième verre, elle a cru voir la bête debout sur ses pattes arrière changer d'apparence au moment de passer le pas de la porte. « Je pensais que j'avais mal vu, et la silhouette de ta mère m'a rassurée, je me suis dit qu'elle promenait son chien, tout simplement. » Bien des années plus tard, elle a découvert qu'elle n'avait pas *vraiment* vu maman ce soir-là, seulement son double.

Au fil du temps et des heures passées devant la fenêtre de la cuisine, Rose avait rassemblé les éléments un à un. La première fois qu'elle avait interrogé ma mère sur le chien, celle-ci avait répondu, étonnée, « un chien ? » Rose voulait comprendre, « vous n'avez pas de chien ? » elle avait insisté. Maman avait répliqué assez sèchement qu'elle détestait les bêtes, avant de refermer la porte. Rose l'avait vu pourtant. Elle avait aussi aperçu sa voisine, seule, la nuit, errer en somnambule dans la rue, et parfois rien durant des semaines. À force de patience et d'hypothèses, elle avait fini par percer le mystère. Elle avait fait le lien entre ce qu'elle avait glané au cours des ans depuis la fenêtre de sa cuisine, ces apparitions, et les disparitions successives, les enquêtes non résolues qu'elle lisait dans le quotidien local.

Une chose était sûre, maman ne prenait pas assez de précautions. Elle laissait la porte ouverte, des traces sur le trottoir ou vomissait son trop-plein de viande sur le chemin du retour. Rose avait commencé à la couvrir, comme ça, parce qu'elle était seule elle aussi, parce que ça lui faisait de la compagnie, quelque chose à faire, et qu'elle avait nettoyé toute sa vie des bureaux alors un peu plus ou un peu moins. Et puis elle aimait que tout soit propre. Elle faisait le ménage derrière elle, et avec le temps elles se sont liées d'amitié. Rose est devenue l'amie fidèle, la béquille de ma mère, son aide de camp.

Je l'écoutais raconter le lien qui les unissait depuis toutes ces années en observant ma mère lutter en plein soleil. Elle semblait contrariée d'être empêchée et maintenant que je savais mieux son histoire, je comprenais sa frustration. Rose parlait de sa vie à Guingamp et j'ai cru un instant qu'une ombre se détachait du corps de maman. J'ai cligné des yeux pour ajuster ma vue, « Rose, regarde ! » L'ombre avait pris une forme translucide qui venait se poser lentement en miroir sur son corps. Elle tentait de s'extraire par tous les moyens avant de capituler et de retourner brusquement dans sa chair, à l'intérieur. Je clignais des yeux de nouveau. Maman semblait paralysée. Son thorax s'est violemment bombé au rythme d'une respiration tonnante, et on a observé une mâchoire effilée, baveuse et sertie de crocs croître en douceur et pousser comme une excroissance hors de sa bouche. Maman luttait, appuyait frénétiquement sur son visage pour faire disparaître la gueule dans un bruit terrifiant de craquements d'os et de longues plaintes étouffées. Le loup voulait sortir, il voulait courir. « Laissons-la, laissons-la faire », j'ai pensé à haute voix.

Rose était dépassée, elle répétait : « Ça arrive de plus en plus souvent. » Elle lui a dégagé le front pour que le soleil éclaire sa figure. Ça semblait fonctionner, le soleil faisait office de remède. Rose avait le souffle coupé. Depuis quelque temps déjà, elle ne parvenait plus à prévoir les jours de pleine lune, les phases de colère ni même à réguler les sautes d'humeur de ma mère. Le phénomène s'accélérait et maman paraissait s'épanouir dans ce double en provoquant délibérément ces instants où elle ne craignait ni la nuit ni personne, où elle courait avec les loups plutôt qu'essayer de le faire dans sa peau à elle.

La littérature de Vassili et mes flashs du passé m'avaient persuadée qu'elle n'en avait aucun souvenir. Je me trompais. Maman gardait des traces de ces exaltations quelque part, et elle opérait un détachement volontaire pour les vivre de nouveau, comme une drogue. Elle fuyait son petit corps pour dédier son existence à ce loup avec lequel elle parcourait les plaines et arrivait à toutes ses fins d'un coup de mâchoire.

Je regrettais de n'avoir rien su de sa condition, de son histoire ou des raisons profondes de ce phénomène. Rose me taisait-elle encore des secrets ? Si j'avais compris qu'elle s'en sortait aussi bien, je n'aurais pas passé ma vie à m'inquiéter pour ma mère, ni pour son ventre ou sa tête, et je n'aurais pas tergiversé sur le loch Ness. J'aurais peut-être pu l'aider dans sa quête, j'aurais pu lui préparer des lits de foin, lui trouver des planques ou élaborer des plans pour de futures attaques à ses côtés. Peut-être aurais-je été une bonne louve moi aussi, ou une bonne loupiote ou louvette, puisqu'il n'y a pas de féminin à louveteau. On aurait pu faire équipe. Je déplorais d'avoir gâché autant de temps à ne rien voir ni rien savoir. Mais ce n'était pas le moment d'être nostalgique, il fallait la mettre en sécurité et quitter les lieux au plus vite.

Scarlett m'attendait à la terrasse d'un café avec sa copine. Je les avais aperçues avant même qu'elles ne me voient. J'entendais leurs rires depuis l'habitacle, des fragments joyeux de leur discussion qu'elles ont stoppée net lorsque la voiture est arrivée à leur hauteur. Je leur ai fait signe de terminer leurs boissons tranquillement le temps de trouver une place et de faire demi-tour.

Je roulais au pas, portée par le flottement sonore de la radio et le brouhaha ambiant. Mon corps accomplissait les tâches qu'il avait à faire, machinalement, dans un environnement étrangement normal alors que mon esprit se débattait dans un flux de pensées déroutantes. Maman était bien un loup, j'avais vu sa mâchoire pousser, entendu ses bruits de chair et d'os métamorphosés. Maman se transformait, se dédoublait, dévorait. J'imaginais les critères de sa liste noire, si elle en avait une, son mode opératoire, j'essayais de me remémorer les accidents graves, inexpliqués, les agressions sanglantes de ces dix, vingt dernières années dans les Côtes-d'Armor et toute la Bretagne. Je me figurais la vie si maman avait découvert une peau d'ours à la place d'une peau de loup. L'entreprise aurait été bien plus délicate, ne serait-ce que vis-à-vis des voisins.

Je regardais Scarlett et Léo discuter en évaluant la façon dont les caractères des hommes et des femmes pouvaient influencer celui de leur double sauvage. Je supposais une continuité de notre humanité dans l'Autre, si l'on considérait cet Autre non pas comme un être bestial, mais un être plus complexe, en harmonie avec soi et le vivant. Un Autre où l'on retrouverait une conviction, une force, une idée de notre enfance que l'adulte quitté avait tue. Je regardais autour de moi en me régalant de la pensée que nous avions chacun notre façon à nous de faire loup. Maman était-elle un loup craintif ou surmontait-elle sa peur en délivrant sa part intime et plus féroce dans une frénésie libératrice ?

Je dévisageais ma fille en envisageant le loup qu'elle pourrait être si d'aventure on lui en donnait la peau. Je songeais à un loup de meute, généreux et malin. Un loup sensible aussi, mais déterminé, qui régirait d'une main de maître la forêt s'il voulait bien lever les yeux de ses écrans. Et moi ? Aurais-je été un loup sanguinaire, triste, un loup repenti ? Puis, en résonance à mon prénom, j'ai pensé à Catherine Deneuve dans *Peau d'âne*. Elle aussi avait une peau. Si elle s'en sortait en passant incognito dans un village de conte, pourquoi pas maman à Guingamp, sur une terre de légendes ? Il ne me manquait que les recommandations de la fée des Lilas qui vient en aide à Peau d'âne. J'aurais aimé qu'elle me dise, comme dans le film, « ne vous tourmentez plus, il ne vous arrivera rien de fâcheux si vous suivez fidèlement mes conseils ». Pourtant, je ne voulais pas en finir avec cette histoire, j'espérais en secret qu'une peau m'attende quelque part, une peau de loup, de renard, une peau d'ours ou d'âne, qu'importe. Ce devait être une expérience extraordinaire de ne plus avoir peur de rien.

Léo a fait un signe de la main pour me prévenir que son tram était là, et Scarlett est venue s'installer à côté de moi. J'ai éteint ma cigarette, et démarré la voiture en l'embrassant sur sa joue chauffée par le soleil. On a roulé, vitre baissée, portées par l'instant et la route qui défilait sous nos yeux.

Scarlett restait assez silencieuse. Elle avait rencontré Françoise dans un café, lui avait longuement parlé, mais rien ne s'était passé comme prévu. Les filles avaient été déstabilisées, parce que Françoise n'avait plus les dix-sept ans de l'affaire malgré ce qu'elles avaient imaginé tout ce temps-là. Elles s'attendaient à retrouver une trace de la Françoise d'avant, celle qui criait à l'injustice et avait tout envoyé balader. La personne qu'elles s'étaient représentée ces derniers jours n'existait pas, ou tout simplement plus, et la déception était palpable. Pourtant, tout avait bien commencé, mais Françoise leur avait parlé du haut de ses soixante ans et des événements accumulés depuis que la Dame blanche avait pris place à ses côtés sur la banquette arrière. Scarlett avait tiqué sur un mot, puis sur une phrase, et puis sur un discours qui ne trouvait aucun écho en elle. Il s'agissait de *phénomènes bizarres* qui intriguaient Françoise ces derniers temps. Elle avait confié aux filles ses pertes de mémoire, ses absences. Il lui arrivait par exemple de se réveiller dans une pièce sans se souvenir d'y être entrée, ou de chercher des objets et d'oublier en cours de route ce qu'elle faisait. En racontant ses déboires, Françoise balayait d'un revers de main toute justification rationnelle concernant sa fatigue, sa santé mentale, il n'était non plus aucunement question de sénilité précoce, d'Alzheimer, de burn-out. Elle avait une explication plus pertinente qui corroborait la sensation qu'elle avait d'être victime d'expériences hors du commun. La raison pour laquelle Françoise perdait la tête était, sans nul doute, liée à des tentatives répétées d'abduction et à une surveillance accrue des extraterrestres dans son appartement. Selon elle, les aliens avaient ce pouvoir d'effacer les mémoires à court terme pour éviter aux cobayes d'être traumatisés une fois les expérimentations terminées. Elle soutenait la possibilité d'en avoir la preuve grâce à la pratique de l'hypnose régressive.

Scarlett et Léo n'en finissaient pas de se remémorer la scène entre elles, les aliens avaient tout gâché. Ma fille riait en racontant la suite, mais je sentais une pointe d'amertume dans sa voix quand elle m'a dit en guise de conclusion qu'elle ne s'attendait pas à ça.

Nous étions encore sur la route lorsqu'une notification a retenti sur mon portable. J'ai voulu m'en saisir mais Scarlett m'a devancée et me l'a pris fermement des mains. Je l'ai entendue réagir en découvrant le contenu d'un article : « Ton alerte sur les loups, c'est chaud. » Elle a posé le téléphone sur la plage avant, face retournée, pour me demander si je désirais connaître le fin mot de cette nuit de mai 1981, parce qu'elle savait.

– Bien sûr que je veux savoir !

– Tu vois, même si elle part en vrille, moi je la crois. Même si elle est un peu timbrée avec son histoire de petits hommes verts. Mais je comprends à cause des gens, du harcèlement, tout ça. Elle m'a raconté ce qu'elle a vu, en détail, et elle l'a vraiment vue, elle nous l'a détaillée dans tous les sens.

– Vraiment ?

– Vraiment ! Et, toi, tu en penses quoi ?

– Des petits hommes verts ou de la Dame blanche ?

Scarlett a souri.

– La Dame blanche ! Toi, tu y crois ?

– Oui, je la crois.

Je lui ai demandé de lire l'article à voix haute, ce qu'elle a fait en devançant ma réaction, « tu vas pas aimer du tout ». À commencer par le titre : *L'Europe affaiblit la protection du loup : un coup dur pour la science et la biodiversité.* J'ai tenu bon pour rester calme sans mordre la ligne blanche continue. Scarlett poursuivait la lecture d'une voix rapide en gardant un œil sur la route.

Le conseil de l'UE a adopté la proposition – « Fais attention à la vieille devant » – *de la Commission européenne visant à abaisser le statut de protection du loup dans* – « Maman, fais gaffe » – *le cadre de la convention de Berne* – « Tu veux pas qu'on attende d'être à la maison pour la suite, non ? » – *Ce changement ouvre la porte à l'abattage des loups comme fausse solution à la prédation du bétail, ce qui va à l'encontre de l'engagement de l'Europe à sauvegarder et à restaurer la biodiversité.* – « Freine ! » – *La décision a été adoptée après que l'Allemagne a changé de position à la dernière minute, passant de l'abstention au soutien*[5].

Je me suis garée sur le bas-côté pour lui dire que nous avions un sérieux problème avec mamie. Cette nouvelle marquait la fin des loups, la chasse ouverte et son extermination pure et dure. Cette fois, maman risquait réellement de mourir, nous n'étions plus dans les méandres de ses maladies imaginaires. Scarlett a répondu : « Je me doute. » On est restées silencieuses quelques instants, sans fée venue d'on ne sait où pour nous aider. Puis j'ai pensé à Gaby Couderc, elle pouvait nous éclairer sur un point.

La voiture n'avait pas bougé, les camions nous frôlaient à en faire trembler l'habitacle et j'ai mis le haut-parleur pour mieux l'entendre. Je ne lui ai posé qu'une question au départ : « Gaby, si vous étiez un loup, dans quel pays trouveriez-vous refuge ? » Elle n'avait plus l'air surprise de mes interrogations, ce que je trouvais plutôt agréable. Elle a attendu quelques secondes avant de répondre avec certitude : « Yellowstone, aux États-Unis. » J'ai acquiescé en marmonnant que ce n'était pas la porte à côté et j'ai dû lui préciser de limiter ses suggestions à un pays européen, facile d'accès depuis la France par exemple. Gaby prenait le temps de la réflexion et j'en ai profité pour lui demander si, en cas d'urgence, un parc national pouvait être une option, comme la Bretagne, les monts d'Arrée, le Mercantour ou pourquoi pas les Pyrénées, qui n'étaient pas si loin d'ici.

Scarlett a deviné au fil de la discussion ce que j'avais en tête.

– Tu veux abandonner mamie dans la nature ?

J'attendais la réponse de Gaby, tout en sommant tout bas Scarlett de se taire. Gaby entendait mal, mais on percevait à son discours qu'elle n'aimait pas les Pyrénées : « Il y a trop peu de loups là-bas, c'est mauvais signe, probablement que le braconnage est très efficace dans le coin. Non, pas les Pyrénées, ni la Bretagne. Je pense que l'Italie serait une meilleure option. Les Alpes italiennes, oui. Mais pourquoi ? »

J'ai malencontreusement raccroché au « pourquoi ». Scarlett me fixait, dépitée, « maman ? C'est quoi le truc ? Tu veux faire quoi avec mamie ? »

Elle me regardait comme elle avait dû regarder Françoise exposer sa théorie sur les extraterrestres, mais je n'arrivais plus à prendre les précautions nécessaires devant l'urgence de la situation. Je savais que ma mère avait lutté au soleil, que l'enquête se rapprochait dangereusement de notre location de vacances et que le temps pressait.

– Ne t'inquiète pas, chérie, je ne vais rien faire avec mamie.

– Tu ne vas quand même pas la lâcher dans une forêt comme un chien, t'es sérieuse ?!

– Non, chérie, ne…

– Mais c'est quoi ce truc ? Pourquoi t'as posé la question bizarre là, sur les loups, l'Italie, tout ça ?

– Pour savoir, si éventuellement un jour…

– Mais y a pas de *jour* ! Moi je ne laisse pas tomber mamie, ça va pas non ?

J'ai juré que je n'allais ni laisser tomber ni abandonner mamie dans une forêt en Italie, tout en glissant que mamie n'était peut-être plus tout à fait mamie et qu'elle avait peut-être envie de changer de vie. Je lui ai rappelé que sa grand-mère avait causé trop de dégâts ces derniers temps et qu'elle ne pouvait plus continuer sans risquer d'être sérieusement inquiétée, mais Scarlett ne l'entendait pas ainsi. Elle m'a dit de lui confisquer sa couverture, de lui trouver du Lycanthropyl ou de l'emmener chez un rebouteux, j'ai dû promettre de faire mon possible pour la garder avec nous.

– Je crois que mamie ne veut pas de tout ça, chérie.

– Arrête avec tes *chérie* là, ça m'énerve. Quand tu m'appelles chérie, c'est parce que t'es stressée et c'est ton truc pour surtout pas m'écouter.

J'ai redémarré et nous sommes rentrées en silence.

Maman attendait dans le salon, près de Rose, elles étaient toutes deux assises à la table de la cuisine à côté des valises prêtes et bien fermées. Je l'avais quittée allongée au sol, refrénant péniblement une mâchoire de loup et je la retrouvais le petit doigt en l'air en train de prendre le thé.

Scarlett m'a regardée, triomphante, « tu vois ? » Elle marquait un point. On est parties de La Grande-Motte sur-le-champ pour retourner en Bretagne. Le voyage s'est déroulé comme à l'aller. Rose et maman dormaient profondément, par intermittence, à l'arrière, les chiens aboyaient autour de la voiture dès qu'on s'arrêtait faire le plein d'essence sur les aires d'autoroute, Rose siphonnait sa gourde en cachette, et maman se plaignait, il y avait trop de soleil, trop de bruit, trop de choses qui lui rendaient la vie impossible. Je la laissais se lamenter et ne parlais que d'Angleterre avec Scarlett, son séjour approchait à grands pas.

Nous sommes arrivées à Rennes après minuit. Depuis la tombée de la nuit, j'avais roulé avec la crainte qu'il ne se passe quelque chose de tragique. Conduire dans cet état d'alerte m'avait lessivée et nous sommes montées nous coucher. Scarlett s'est jetée sur Monday qui ronronnait et la couvrait de câlins tout en restant soigneusement à distance de maman. Tout se déroulait le plus simplement du monde, je décodais bien mieux mon environnement, les réactions, les fatigues, les évitements. J'avais enfin la clé et je me suis encore une fois endormie sur le canapé-lit.

Je suis au milieu d'un hall, un hall que je ne connais pas. Je ne sais pas si je dois entrer ou sortir. Autour de moi, des gens vont et viennent. Une vieille dame s'approche et me demande ce que je fais là. Aucun son ne sort de ma bouche malgré mes efforts. Elle me dit : « Vous n'avez pas l'air perdu mais vous avez l'air jeune pour votre âge. » Je regarde les autres, ils ont tous des rides et la peau tannée. Je croise maman, on ne se parle pas, son visage est étrangement jeune.

La vieille dame me répète que « l'air perdu », elle connaît.

Je me réveille.

Je teste ma voix.

– Vous repartez à Guingamp aujourd'hui ?

Vassili criait depuis sa fenêtre en accompagnant ses phrases de gestes amples pour que j'en comprenne le sens. Sa voix résonnait dans la cour et je n'osais pas hurler en retour de peur de réveiller les voisins. J'ai fait oui de la tête et il m'a répondu avec son pouce ostensiblement levé. Je le voyais s'affairer sur son téléphone, quand j'ai reçu un SMS :

Passez à la maison ce soir, j'ai fait des recherches pour vous

Je lui ai envoyé à mon tour un émoji pouce levé.

Maman m'a rejointe dans la cuisine. Elle s'est avancée, les deux mains sur le visage. Je n'avais pas encore posé de questions qu'elle faisait déjà non de la tête.

– Tu as passé une bonne nuit ?

– Ton lit est épouvantable, je ne sais pas pourquoi tu ne changes pas le matelas.

– J'ai l'habitude de dormir seule, et seule ce n'est pas gênant.

– Il y a un creux au milieu, on glisse, tu devrais vraiment changer ton matelas…

Je n'arrivais pas à aborder le sujet.

– Maman ?

Elle se frottait le dos, me répétant qu'il la faisait souffrir. J'admettais volontiers qu'il devait être difficile de dormir, allongée, avec une queue de loup entre les omoplates.

– Tu as mal au dos ?

Elle a presque souri de reconnaissance, « tu n'imagines pas à quel point ». Je l'ai regardée, et dans mon incapacité à lui parler d'elle, de moi, d'hier, ou de quoi que ce soit, je suis péniblement arrivée à articuler du bout des lèvres : « Je sais. » J'ai vu ses yeux s'embuer, elle a posé sa main sur la mienne et m'a dit :

– Merci, chérie, tu as toujours été si gentille avec moi.

– Tu vas rentrer à Guingamp, tu vas voir, ça ira mieux.

Maman restait sans rien dire, absorbée par Monday perché en haut de l'armoire, dont le regard ne la quittait pas.

– Oui, on va ramener Rose, elle est épuisée tu sais, elle s'occupe beaucoup de moi elle aussi.

– Je sais, maman.

Maman n'évoquait que son quotidien, le tout-venant, le prosaïque, et j'avais beau l'encourager à me parler d'elle, de son double, il n'y avait rien à faire, nous ne saurions jamais nous y prendre. Mes stratégies ne marchaient pas, bien qu'à présent j'aie tout deviné, même si je savais, et que je semais autant d'indices pour qu'elle le sache. Aucune parole valable ne sortait de sa bouche ou de la mienne. Elle discourait de son côté, moi du mien, nous étions deux étrangères dans le dialogue.

Avant de partir, j'ai laissé un mot à Scarlett pour lui rappeler d'acheter un adaptateur de voyage. Son train était le surlendemain et elle devait se débrouiller pour la journée. Il fallait aussi que je trouve le temps de passer à un bureau de change pour des livres sterling. J'ai descendu les bagages et chargé la voiture avec précaution – je savais que la couverture était bien emballée. Dans l'ascenseur, pourtant, j'ai eu un moment d'hésitation. J'ai songé un instant à la garder. Je voulais la cacher, l'utiliser, la faire disparaître. Son odeur devenait insupportable et s'il y avait eu un feu de joie sur mon chemin, je l'aurais certainement jetée au milieu. Maman répétait : « Tu as bien pris tous mes sacs ? » et je me doutais qu'elle lisait dans mes pensées. Je me suis juré de ne rien tenter tant que Scarlett n'était pas partie.

J'ai déposé Rose et maman à Guingamp, chacune est rentrée chez elle, l'une en face de l'autre, séparées par la rue. Ma mère a ouvert la porte de sa petite maison de plain-pied au couloir étriqué. Ça sentait le renfermé. Après maman, j'ai aidé Rose, qui n'arrivait pas à déverrouiller sa porte d'entrée. Elle m'a remerciée sur le seuil et m'a serrée contre elle. Et je me suis effondrée. J'ai sangloté longtemps dans ses bras maigres qui empestaient l'alcool. J'ai pleuré à en tremper sa chemise. « Ma grande, ça va aller. » Mes larmes coulaient sans s'arrêter. À cet instant, j'étais cette petite fille qui jouait à la chèvre de monsieur Seguin pour profiter un jour du matin. Je n'avais pas pleuré comme ça depuis la naissance de Scarlett.

J'ai conduit l'heure et demie qui a suivi, la vue troublée par les larmes qui ne tarissaient pas, je suis arrivée à temps pour prendre mes livres sterling avant que le bureau de change ne ferme ses portes, et une fois chez moi, j'ai enfin pu récupérer ma chambre, mon lit, mes murs.

Le soir, j'ai retrouvé Vassili. Il m'attendait chez lui, dans son salon qu'il avait pris soin de ranger pour faire de la place, les livres sur les livres, les courriers entassés sur le coin d'une console, les vêtements sur la chaise et la vaisselle dans l'évier.

– Vous allez bien ?

J'ai souri en guise de réponse.

– Je ne sais pas trop, je crois. Et vous ?

Il a souri à son tour en me montrant un bout de canapé où je pouvais m'asseoir.

– Ça va.

– Vous vouliez me parler ?

Il s'est assis au bord d'une chaise, face à moi.

Vassili a commencé par s'excuser, il s'était rendu compte lors de nos premiers échanges qu'il y était allé un peu fort, « j'ai tellement l'habitude de travailler sur ce sujet que je n'ai pas mesuré les effets d'une telle annonce, j'aurais dû m'y prendre autrement, vous étiez ma première ».

Je suis restée silencieuse. En me remémorant notre fameuse discussion, j'avais vu émerger une lueur jubilatoire dans ses yeux à l'idée de m'alerter sur la lycanthropie de maman. Il avait déniché un spécimen et envisagé la situation d'un point de vue d'expert en ignorant les répercussions qu'une telle information pouvait engendrer lorsqu'elle est vraie. « Oui, c'était un peu maladroit », j'ai fini par lâcher. « Mais je ne vous en veux pas. »

Il s'est levé et a commencé à parler de l'aconit, une plante traditionnellement utilisée pour tuer les loups-garous depuis l'Antiquité et qui avait aussi fait ses preuves sur les vampires. Il a ensuite vanté les mérites du Lycanthropyl pour espacer les crises de dédoublement. « J'ai pris la liberté de me rendre à Épinal et d'en rapporter quelques échantillons. C'est un ami d'ami en qui j'ai toute confiance, un spécialiste – son nom ne vous dira rien – qui a des contacts dans les Vosges et qui m'a offert quelques flacons. »

Il s'est dirigé vers la console puis m'a tendu une boîte recouverte de papier bulles que je n'osais pas toucher, « c'est pour moi ? »

Debout, le paquet à la main tendue vers moi, il a réitéré son geste en me répondant :

– Ouvrez-le. Vous verrez qu'il y en a plusieurs. C'est qu'il y a des ratés, on n'y arrive pas la première fois. À moins qu'une personne ne tienne le corps, le temps que l'autre procède à l'injection. C'est quand même un peu sportif.

J'ai ouvert la petite boîte et découvert cinq fioles de sérum transparent qui ressemblaient à n'importe quel médicament disponible en pharmacie. On pouvait y lire LYCANTHROPYL 250 MG/5 ML écrit en grand ainsi que la composition et les précautions d'emploi.

– Vous savez faire les piqûres ?

J'ai hoché la tête, légèrement sonnée. J'imaginais Vassili maintenir ma mère alors qu'elle se débattait fermement pour éviter la seringue. Je n'étais pas du tout prête à affronter ça. Mais oui, je savais faire des piqûres, j'en avais fait à maman lorsque j'étais petite, mais je ne me rappelais plus pourquoi.

– C'est le fameux remède, c'est ça ?

Vassili est revenu s'asseoir près de moi, en savourant d'avance sa réponse. « C'est ça, c'est le remède le plus efficace à la lycanthropie ! »

J'ai inspecté la boîte avant de la poser sur la table basse. Il s'attendait à une réaction sûrement plus enthousiaste de ma part.

– Ça ne va pas ?

J'ai fini par lui dire timidement que maman préférait rester loup, du moins je le pensais, ou plutôt c'est ce que Rose et moi pensions.

Il a pris le temps d'une lente inspiration en balançant la tête légèrement en arrière. J'ai ajouté : « Mais c'est dangereux, et même suicidaire avec ce qui se passe, la fin de la protection des loups, les tirs de prélèvement, le braconnage, j'ai très peur pour elle. Enfin, ici, en France. »

– Vous pensez à l'Italie ?

Il avait l'air sûr de lui.

– Comment vous savez ?

– Évidemment l'Italie, ils vont tous en Italie…

Vassili joignait les mains, les doigts entrelacés. Sa phrase laissée en suspens donnait envie d'en apprendre un peu plus. Qui donc allait en Italie ? Qui étaient ces *tous* qui se réfugiaient là-bas ? Je le pressais de continuer.

J'ai su que sur les quatorze cas de varouisme recensés ces dix dernières années – « à notre connaissance », avait-il précisé –, six ont opté pour le Lycanthropyl, et huit pour l'Italie. Vassili sentait qu'il touchait quelque chose, « je ne sais pas quoi faire de ces chiffres pour l'instant, l'échantillon n'est pas représentatif mais sur les huit, et j'inclus votre mère, sept sont des femmes ».

Vassili s'évertuait à me parler de statistiques mais je n'étais pas d'humeur à en tirer des conclusions. J'attendais une discussion technique et concrète concernant le protocole, la posologie et les résultats. Le reste, les chiffres, le genre m'importaient peu à ce stade.

J'ai appris qu'une petite dose de ce sérum permettait de repousser le moment fatidique du dédoublement et qu'une ampoule par semaine assurait une vie sociale quasi normale au repenti garou, le temps de se débarrasser du sort, de la malédiction, des peaux et autres onguents. Concernant la peau, justement, tout dépendait de la volonté de la personne. Sa manipulation et son éventuelle destruction requerraient une étape supplémentaire si l'objectif était de rester garou. Il était préconisé de brûler la peau dans l'heure de la transformation ou du dédoublement, et d'avoir, par conséquent, l'espace et les bûches pour préparer un feu. On avait conseillé à Vassili de procéder au rituel à l'abri des regards et de prévoir un extincteur pour les braises s'il avait lieu en pleine nature. Vassili suivait scrupuleusement ses notes de peur d'oublier une information essentielle. C'était une première pour lui aussi.

Un élément de la procédure m'inquiétait particulièrement, bien plus que les piqûres de Lycanthropyl ou les risques d'incendie. La peau ne pouvait pas être mise au feu par n'importe qui, « il faut que la main qui opère soit du même sang ». Et comme si cela ne suffisait pas, l'intention de la main déterminait la bonne réussite du rituel. « Qu'est-ce que ça signifie exactement ? » j'ai demandé à Vassili. Il relisait ses notes et précisait : « En somme, si vous en voulez à votre mère, si vous lui voulez du mal ou vous en débarrasser, ça ne marchera pas, elle se désintégrera comme dans les légendes. En revanche, si vous voulez la libérer pour elle et elle seule, elle a ses chances. Mais il faudra le faire avec une intention d'amour absolu, vous comprenez ? »

J'en ai lâché un « Oh mon Dieu ! » de peur.

– Ça va être dur, pour être très honnête avec vous, je crois que je lui en veux trop pour que ça marche…

On est restés un instant à se regarder. Vassili se sentait concerné par mon désarroi, un peu inquiet aussi, je le voyais bien.

– Ah… Bon… C'est à vous de voir…

Il a changé de ton, tentant d'être plus amical, « mais vous lui en voulez à quel point ? »

– À tous les points.

– Vous êtes sérieuse ?

– Très. Je me rends compte, là, en vous parlant, que je ne suis vraiment pas sûre d'être la meilleure main.

Je regardais par la fenêtre, on pouvait observer les lumières allumées dans mon appartement, et la silhouette de Scarlett passer d'une pièce à l'autre.

– Et si on est plusieurs, ça peut aider ?

– Je ne comprends pas. Vous pensez être plusieurs pour brûler la peau ?

– Oui, si j'arrive à rassembler des gens qui lui veulent du bien… Ça marche par addition ou c'est uniquement l'intention de celui ou celle qui brûle la peau qui est prise en compte ?

Vassili n'avait pas anticipé l'ampleur de nos carences familiales.

– Mais, votre mère, vous l'aimez ?

J'ai dû le regarder d'une façon étrange, il s'est tout de suite ressaisi :

– Pardonnez ma question, bien sûr, sinon vous ne seriez pas assise ici.

– Une dernière chose : est-ce que l'amour suffit ou est-ce que quelques résidus de ressentiment, de rancune, de colère immense ou d'hostilité véritable lui seront fatals ?

Scarlett était partie en Angleterre avec des pounds dans sa poche, un chargeur anglais, des crop-tops et des vêtements pour la pluie. Moi, je suis restée à Rennes en me demandant si j'étais une bonne mère pour ma fille et une bonne fille pour ma mère.

Si elle n'avait pas eu dix-sept ans, et si elle n'avait pas été ma fille, Scarlett aurait probablement été la personne idéale pour le rituel du feu. Son intention à l'égard des autres était si pure qu'elle aurait pu brûler toutes les peaux. Elle avait de l'amour pour sa grand-mère, beaucoup, il était simple et sans tourments. Elle était techniquement la mieux placée d'entre nous pour mener à bien la cérémonie, celle qui réunissait haut la main les conditions d'un passage au garou sans encombre.

Depuis que j'avais partagé avec lui mes réserves concernant ma mère, Vassili s'était renseigné auprès de ses pairs et avait en tête que je persuade Scarlett de le faire plutôt que moi. Il répétait dans son costume de velours que nous pourrions être surpris de sa réaction et il insistait sur cette idée à laquelle je m'opposais farouchement. Je ne voulais pas me dédouaner, mais je refusais d'imposer à ma fille la charge d'un événement qui risquait de mal tourner. J'ai fini par mettre un veto définitif sur le sujet. Je devais prendre la responsabilité de mes manquements et affronter ce que je ressentais pour ma mère.

La main du même sang allait donc être la mienne et j'étais mortifiée à l'idée d'ignorer si j'avais suffisamment d'amour et de bonne intention pour que maman s'en sorte au rituel du feu. Allais-je réussir ou faillir une fois encore à ma mission, étais-je une main pure, une main à la hauteur, pourrais-je une fois pour toutes guérir maman ? Plus les heures passaient et moins je m'en sentais capable. Je me rétrécissais devant la tâche à accomplir, je perdais mes moyens et redevenais cette petite chose pétrie de doutes. Pourquoi pensais-je que je n'aimais pas assez ma mère pour y arriver ? La question que m'avait posée Rose prenait tout son sens. D'ailleurs, comment les autres s'aimaient-elles entre elles, et de quelle façon devait-on aimer sa mère ? Je n'avais jamais vraiment compris cet amour en réalité, les autres non plus du reste, notamment ce qui relevait plus largement de l'attachement. Mais tout cela ne me disait pas si j'allais réussir l'épreuve du feu.

Vassili m'avait conseillé de puiser en moi des moments réconfortants pour les invoquer le jour J. Il m'avait suggéré de suivre une sorte de préparation physique et mentale à la manière de Rocky avant son dernier combat. Sur le papier, cela paraissait simple, le cerveau était un muscle et il fallait l'entraîner. Je pensais retrouver mes souvenirs, les rassembler et les agglomérer en une masse si puissante qu'elle en donnerait une vision de mon amour impossible à contester face au feu. Mais cela ne s'est pas passé comme prévu. J'ai cherché des heures durant, je suis revenue dans les recoins de ma mémoire mais ce que j'y trouvais n'était pas doux. J'ai cherché encore, c'était plutôt âpre, amer même, et il valait mieux laisser certaines portes closes. Je ne me débinais pas pour autant : j'allais déterrer mon souvenir merveilleux pour aider maman, quoi qu'il en coûte. Je passais mes journées concentrée, à respirer lentement et à revisiter chaque instant de mon enfance pour le trouver.

J'ai reçu un coup de fil de Rose dans la semaine, elle ne m'a pas dit grand-chose mais le ton de sa voix a suffi à figurer l'urgence : « Allô, c'est Rose, il est temps de venir la chercher. » Vassili a tenu à tout prix à m'accompagner, son sac était prêt et il n'a pas eu besoin d'insister longtemps. On a laissé Monday et les clés aux bons soins de la voisine du premier.

Rose nous a ouvert, elle était chez maman et finissait de mettre en route une machine. Son haleine sentait évidemment l'alcool et le sol la javel, il venait juste d'être lavé et nos chaussures collaient au lino. « Elle en fout partout, c'est infernal, elle ne veut plus rentrer quand elle est garoue, plus rien ne l'arrête. » Rose portait un tablier marron sur lequel on pouvait remarquer des traces que j'imaginais être de sang ou de boue. « Dans la rue, ce matin, j'ai ramassé un morceau de je ne sais quoi. Regarde, Anne, dans la poubelle. »

Seul Vassili s'est approché des ordures. « Elle est où », j'ai demandé, « dans sa chambre ? » Rose a fait un oui désespéré de la tête et je suis montée.

En poussant la porte, j'ai vu maman à deux endroits, son premier corps était assis sur le lit et son autre était debout, posté droit devant elle. Les deux semblaient se dévisager avant de se tourner simultanément vers moi au moment où je suis entrée dans la pièce. « Bonjour, maman. » Elles m'ont répondu en chœur sans se plaindre. Je me suis avancée vers la première, celle qui était assise, pour l'embrasser. Elle m'a tendu sa joue, c'était une vraie joue, faite de chair et de petits muscles. J'ai eu un frisson en m'approchant de son double, j'appréhendais sa matière avant de sentir sa peau, réelle, elle aussi. J'ai touché l'Autre de mes mains, j'ai respiré son odeur, la même que je connaissais depuis l'enfance. J'ai pensé une seconde à Françoise et à ses copains de Palavas. Eux aussi soutenaient avoir touché la Dame blanche pour de vrai et j'avais la preuve aujourd'hui que c'était possible. Je me suis assise sur le lit, à côté de maman, et son double debout est venu à côté de moi. J'étais cernée. Elles me parlaient et je me perdais, je ne savais plus à laquelle des deux je m'adressais.

« Maman », j'ai dit, « on part en Italie, ça va être bien pour toi, tu ne seras plus obligée de reprendre ta forme humaine ». Je la regardais mais c'est l'Autre qui me répondait. J'étais rassurée d'avoir leur accord. L'une expliquait à la seconde qu'elle irait seule. Elles chuchotaient par-dessus mon épaule. Elle avait peur de ne pas y arriver. « Bien sûr que tu vas y arriver, maman. » Elle disait : « J'ai peur quand même. » *Moi aussi tu sais, j'ai peur.* Je me suis retournée vers elles, leur ai montré la fiole de Lycanthropyl, et elles ont murmuré d'un même souffle qu'elles étaient prêtes.

– Je pique laquelle des deux ?

– Moi. Dépêche-toi, je sens que je ne vais pas tenir longtemps.

Elle a levé la manche de son pull et m'a tendu son épaule. Elle a reçu un tiers du flacon, comme me l'avait suggéré Vassili. Le temps que je nettoie la piqûre avec un coton imbibé d'alcool, l'Autre avait disparue. Je ne l'ai pas vue se désintégrer, se dissoudre, ni même simplement quitter la pièce.

Je suis descendue avec maman pour rejoindre Rose et Vassili dans la cuisine. Ils avaient fini de récurer le sang et de préparer un café. « C'était qui cette fois ? » ai-je questionné Rose en référence à ce qu'elle avait ramassé dans la rue. Rose ne m'a pas répondu, elle a levé les bras au ciel, « je n'en sais rien ! » Maman nous a retrouvé à table, a demandé un café tout en manipulant calmement la boîte de Lycanthropyl. Elle m'a tendu la notice.

– Toi qui vois bien, lis-moi les effets secondaires.

J'ai lu les effets secondaires, énoncé les vomissements, sautes d'humeur, changement brutal de personnalité et risques de somnolence sévères. J'ai terminé ma lecture par : « Médicament déconseillé aux femmes enceintes », et ça l'a fait sourire.

La valise de maman était posée à côté de nous, on a senti une vague d'effluves bien plus intense que d'habitude émanant de la peau. Elle devait s'activer ou avoir été mal rincée, quelque chose venait nous piquer le nez et l'air devenait difficilement respirable.

Rose a ouvert la fenêtre pour finalement la refermer et nous dire qu'il valait mieux y aller. Elle reconnaissait ces pics d'odeur. Vassili nous a rappelé que nous avions vingt heures de route qui nous attendaient avant d'arriver au parc naturel des Abruzzes, en Italie. Là-bas, l'espèce était protégée, il était interdit de tirer sur les loups et ces derniers n'avaient d'ailleurs jamais disparu de la région.

Maman a fermé la porte de chez elle et m'a remis la clé sans l'ombre d'une émotion, « tu feras ce que tu veux de tout ça », elle a rapidement jeté un coup d'œil autour d'elle et nous sommes montés dans la voiture.

Le voyage était long et pour ne pas perdre de temps, nous avions prévu de nous relayer Vassili et moi. Maman et Rose étaient installées à l'arrière, comme à leur habitude. Rose surveillait maman, inquiète, et lui injectait toutes les cinq heures un tiers de Lycanthropyl pour inhiber son double qui la malmenait tout au long du trajet. Elle avait chaud, elle avait froid, elle sombrait et devenait agressive en se réveillant, mais cette fois nous savions tous pourquoi.

On a suivi la route pour nous rendre à Scanno, *la perle des Abruzzes*, où Vassili avait trouvé une maison à l'écart. Le village dominait un lac d'un bleu turquoise au milieu d'une nature de carte postale. Sur le bord, les habitations en pierres enchevêtrées d'escaliers se reflétaient dans l'eau et quelques barques semblaient dériver tranquillement à la surface. Maman ouvrait les yeux et paraissait reprendre des forces. Son visage s'illuminait pour la première fois depuis des années, et je n'ai pas reconnu ses traits.

Nous n'avions pas le temps de faire du tourisme. Vassili nous a emmenées dans une sorte de chalet situé en amont, à un kilomètre. Contrairement à la proximité agglutinée des maisons du village, celle qu'il avait trouvée nous permettait de faire ce que nous avions à faire – hurler sous la lune ou allumer un feu – en toute quiétude. On a garé la voiture et remonté une petite route à pied. Sur le chemin qui nous menait à notre chalet, je me souviens de m'être concentrée de toutes mes forces pour retrouver quelques moments de bonheur, c'était ma dernière chance. Ils existaient bien quelque part. En progressant sur le sentier à ses côtés, elle m'a tendu la main, je l'ai prise, et une image m'est venue : je marchais avec maman dans la rue, ce devait être en décembre, j'étais petite, elle me tenait la main comme à ce moment précis. J'aimais bien parce qu'elle me tapotait le dessus de la paume avec son petit doigt. Je lui avais dit que j'avais froid et pour me réchauffer elle m'avait enveloppée dans son manteau de fourrure imprégné de son parfum mêlé à celui de la naphtaline. Je m'étais blottie contre elle sous le manteau en calant mes pas sur les siens. Je me sentais protégée des gens et du mauvais temps. Et si on m'avait demandé de faire un vœu alors j'aurais sans doute émis celui de rester ici, au chaud, et pour toujours.

On est arrivés à la maison dans les bois à la tombée de la nuit. Il était l'heure de passer à table et d'attendre que le Lycanthropyl cesse de faire effet.

Rose buvait, moi aussi, personne n'avait faim. Nous étions tous les quatre suspendus à un événement qui semblait ne jamais survenir. Maman patientait dans la pièce principale, assise dans un fauteuil à bascule à côté d'une grande cheminée en pierre, sa valise bien fermée à portée de main. Rose ne la quittait pas des yeux, elle lui a posé un châle sur les épaules et s'est endormie un peu ivre sur le canapé.

J'ai le souvenir de m'être assoupie aussi, de m'être réveillée, et d'avoir dû lutter contre le sommeil qui avait fini par m'avoir. Vassili, lui, n'avait pas bougé d'un pouce, il nous surveillait depuis le couloir, avec un air de cerbère posté du bon côté de la porte.

Vers 3 heures du matin, une odeur rance de musc et de sang est venue nous tirer du sommeil. J'ai regardé maman qui commençait à trembler. Rose s'est levée, a ouvert sa valise et lui a posé la peau de loup sur les genoux. Vassili est allé allumer le feu dans la cheminée. Personne n'avait pensé à cette étape et à prendre des allumettes. Je me suis jetée sur mon sac pour trouver le briquet. Je l'ai donné à Vassili et tout le monde a entendu les brindilles crépiter sous la chaleur des premières flammes.

Et puis c'est arrivé. Une ombre blanche est sortie doucement de la bouche de maman, la même que j'avais vue à La Grande-Motte. À la différence ici que maman ne luttait pas, elle souriait presque devant cette Autre qui semblait s'extraire d'elle-même avec une fluidité déconcertante. Son double était revenu, il prenait forme, devenait chair et s'apprêtait à revêtir sa peau de loup. Il s'est arrêté en nous voyant, puis il a attrapé la peau pour ne faire qu'un avec elle. En un instant le loup était là, face à nous, au milieu de la pièce et prêt à bondir.

Pour la première fois depuis le début de cette histoire, j'ai eu peur. Je me suis levée, la trouille au ventre, pour reculer doucement devant cet animal épais à la fourrure grise et blanche qui me fixait droit dans les yeux. Il n'avait rien de maman, rien, aucune trace de fébrilité ou d'apathie dans le regard. Je me suis souvenue qu'il fallait éviter les gestes brusques. Le loup nous jaugeait tout en s'ébrouant bruyamment pour faire tomber la peau qui devenait une extension de la sienne. On ne le quittait pas des yeux. Il s'est avancé, a délicatement pris la peau dans sa gueule et est venu du bout des crocs la déposer devant moi. Il s'est agité, impatient, avant de sauter dessus et de hurler pour que je comprenne qu'il était temps de la mettre au feu. Vassili m'a fait un signe de la tête vers la cheminée. J'ai regardé le loup, ramassé la peau, puis je me suis dirigée vers le corps endormi de maman pour l'embrasser une dernière fois sur la joue.

En marchant vers le feu, j'ai pensé à Scarlett, à son amour infini pour sa grand-mère, j'ai pensé à ma mère, à sa main qui tapotait la mienne, j'ai pensé à cet amour que nous n'avions pas réussi à partager mais qui existait bien quelque part. Je nous ai pardonné et dans cet élan naïf j'ai mis la peau de loup dans les flammes. Elle s'est rapidement embrasée sans aucune apparition terrifiante ou cri d'outre-tombe. Les légendes exagéraient toujours. Rose est venue derrière moi et m'a prise par le bras ; il m'a semblé qu'elle pleurait. J'ai senti la main de Vassili sur mon épaule, et quand nous nous sommes retournés, le loup et maman avaient tous les deux disparu de la pièce. Rose a cru voir un loup gris au loin. On entendait des hurlements autour de la maison. Je crois qu'elle nous criait sa joie de pouvoir enfin courir avec les siens.

Il y a l'histoire qui nous traverse, celle qu'on vit, qu'on se raconte ou celle qu'on se cache, à soi, aux autres. Tout est vrai sauf ce qui ne l'est pas.

J'amène ma fille dans cette ville dont je rêve souvent mais qui n'existe pas. Scarlett m'accompagne pour la première fois dans ce rêve. Je lui dis à quel point je suis émue de faire ce voyage avec elle. Je ressens cette joie profonde jusque dans mon sommeil.

On remonte la rue que j'avais l'habitude de prendre, celle qui va du parc jusqu'à mon ancien studio. On arrive au bord d'une plage qui n'existe pas là-bas.

La mer est en face de nous.

Je me réveille.

Le livre s'est inspiré de plusieurs ouvrages sur les légendes des loups-garous à travers l'Europe.

Le carnet de Vassili fait référence aux travaux de Claude Lecouteux, plus précisément : *Elle courait le garou. Lycanthropes, hommes-ours, hommes-tigres : une anthologie* (Éditions José Corti), et *Fées, sorcières et loups-garous au Moyen Âge* (Éditions Imago), ainsi qu'à la thèse de doctorat en littérature française de Quentin Vincenot, *La Gueule et la Peau : le loup-garou médiéval en France et en Europe*, disponible en ligne.

Certaines réflexions des personnages sont tirées des ouvrages suivants : Pierre Jouventin, *La vérité sur le loup, ce mal-aimé* (Éditions Alpha) ; Baptiste Morizot, *Les Diplomates* (Éditions Widlproject) ; et Jean-Marc Moriceau, *L'Homme contre le loup, Une guerre de deux mille ans* (Éditions Fayard).

L'article d'Anne s'appuie sur les ouvrages de Stéphanie Del Regno, *Le Livre des Dames blanches* (Éditions La Vallée

Heureuse) et d'Arnaud Demaury, *Légendes des Dames blanches à travers la France*, publié en autoédition, ainsi que sur le travail de Richard Bessière, notamment *Manifestations, Les Mystères de l'après-vie* (Éditions Bussière).

Je remercie chaleureusement Pauline Briand, autrice du *Loup de Valberg*, aux Éditions Goutte d'Or, pour ses conseils, Marie Lannurien, mon agente, et enfin Marie Eugène, mon éditrice.

NOTES ET RÉFÉRENCES

1. Page 46 : Thibaud Chloé, 16 mai 2024, « Imaginez que vous soyez seule en pleine forêt. Préféreriez-vous croiser la route d'un homme ou celle d'un ours ? », Simonemédiafr, disponible sur : https://www.instagram.com/simonemediafr/p/C7BsQDuLcoX/.

2. Page 109 : Aubert Jean-Marc, mars 2023, « Près de Montpellier : un nouveau témoin assure avoir aperçu trois loups aux Quatre Vents », actu.fr 3, disponible sur : https://actu.fr/occitanie/montpellier_34172/pres-de-montpellier-un-nouveau-temoin-assure-avoir-apercu-trois-loups-aux-quatre-vents_57803770.html.

3. Page 110 : Leca Isabelle, 1er mars 2024, « Une ponette pleine tuée par les loups dans le Mercantour », *Le Chasseur français*, disponible sur : https://www.lechasseurfrancais.com/nature/une-ponette-pleine-tuee-par-les-loups-dans-le-mercantour-90106.html.

4. Page 120 : de Nynauld Jean, *Traité De la Lycanthropie, Transformation et Extase des Sorciers*. 1661, cité par Lecouteux Claude, *Elle courait le garou. Lycanthropes, hommes-ours, hommes-tigres : une anthologie*, Paris, 2008, José Corti, page 24.

5. Page 180 : Communiqué de presse commun Humanité et Biodiversité, ASPAS, LPO et France Nature Environnement, 27 septembre 2024, « L'Europe affaiblit la protection du loup : un coup dur pour la science et la biodiversité », France Nature Environnement, disponible sur : https://fne.asso.fr/communique-presse/l-europe-affaiblit-la-protection-du-loup-un-coup-dur-pour-la-science-et-la.

Cet ouvrage
a été mis en pages par In Folio
reproduit et achevé d'imprimer
en mai 2025
dans les ateliers de Normandie Roto Impression s.a.s.
61250 Lonrai
N° d'imprimeur : 2501657

Imprimé en France

Dépôt légal : août 2025